悪役令嬢、ブラコンにジョブチェンジします２

浜　千鳥

22200

角川ビーンズ文庫

contents

characters

エカテリーナ・ユールノヴァ

奈が転生した乙女ゲームの
悪役令嬢。
過労死」は敵。

アレクセイ・ユールノヴァ

ユールノヴァ公爵家の若き当主。
エカテリーナの兄。

ミハイル・ユールグラン

乙女ゲームのメイン攻略対象。
皇国の皇位継承者。

フローラ・チェルニー

乙女ゲームのヒロイン。
平民出身の男爵令嬢。

ミナ・フレイ

エカテリーナ付きメイド。

イヴァン・ニール

アレクセイ付き従僕兼護衛。

悪役令嬢、ブラコンにジョブチェンジします

Akuyaku Reijou, Brother Complex ni Job Change Shimasu.

ウラジーミル・ユールマグナ

ユールマグナ家嫡男。

本文イラスト／八美☆わん

プロローグ～爆弾発言《ICBM》～

ユールグラン皇国三大公爵家《こうしゃくけ》のひとつ、ユールノヴァ公爵家の令嬢《れいじょう》エカテリーナは、高貴な身分でありながら、平日はほとんど毎日、兄のために食堂の厨房《ちゅうぼう》を借りて昼食を作っている。

兄アレクセイは十七歳にしてすでに、公爵位を継承《けいしょう》している身だった。広大な公爵領の統治と、多岐《たき》にわたる公爵家の事業を統括《とうかつ》するため、魔法《まほう》学園の会議室を執務《しつむ》室として借り受けて、幹部たちと共に執務に励《はげ》んでいる。その業務量は膨大《ぼうだい》で、有能で生真面目《きまじめ》な兄が忙《いそが》しさのあまり過労死してしまうのではないかと、エカテリーナは日々心配しているのだった。

そんな心配を本気でしているのは、エカテリーナに前世の記憶《きおく》があるゆえだ。

前世で社畜《しゃちく》ＳＥのアラサー雪村利奈《ゆきむらりな》だった彼女は、まさに忙しさで過労死した。仕事漬《づ》けの毎日で唯一《ゆいいつ》の癒《いや》しだったのが、乙女《おとめ》ゲーム『インフィニティ・ワールド～救世の乙女～』。そのゲームに出てくる、悪役令嬢を溺愛《できあい》している兄が最推《さいお》しだった。攻略《こうりゃく》対象でもないチョイ役の彼を見るために、寸暇《すんか》を惜《お》しんでゲームをプレイしていたほどだ。

そんな前世の記憶がよみがえってみたら、自分はそのゲームの悪役令嬢エカテリーナ・ユールノヴァになっていた――。

いや、なっていたというか、二カ月前に記憶がよみがえった当初は今生の令嬢エカテリーナの中に別人格として目覚め、そこから前世と今生ふたつの人格が統合するまで三日かかったのだが。その間は、ちょっとしたことでロックがかかって、倒《たお》れてしまったりして大変だった。

目覚めた当時は、心底、なんじゃそら、と思った。ゲームの中に自分がいるって、その世界で生きてるって、なんぞ。

けれど、すぐ切り替《か》えた。実際に見る兄アレクセイはゲームよりずっと素敵《すてき》で、妹である自分を心から愛してくれる。クール系の彼は周囲にはツンだが、妹にはひたすらデレの、元祖型ツンデレなシスコンだった。前世の最推しがひたすらデレてくる人生、最高かよ。最高だよ。

兄妹《きょうだい》は、生まれてすぐに引き離《はな》されて、それぞれ寂《さび》しい環境《かんきょう》で育った。二人を引き離した祖母――皇女という身分に生まれついたおかげでやりたい放題だった――アレクサンドラの嫁《よめ》いびりで、母アナスタシアとエカテリーナは公爵領の別邸《べってい》に幽閉《ゆうへい》され、辛《つら》い暮らしを強《し》いられていた。それを、アレクセイは不憫《ふびん》にも負い目にも思っている。なにより、アレクセイが爵位《しゃくい》を継《つ》いですぐ救い出そうとした母は、長く辛い暮らしがたたって、最期《さいご》に一目会った息子《むすこ》を夫と思い込んだまま亡《な》くなった。母親そっくりのエカテリーナは、たった一人残った家族。妹への溺愛は、それゆえなのだ。

そんな生《お》い立ち、ゲームの設定に書いてなかった！　二人とも可哀想《かわいそう》！

ゲームのシナリオの通りに進めば、悪役令嬢と兄は破滅《はめつ》する。前世の記憶が戻《もど》ったからには、そんなことさせない。さらにルートによっては、すべての魔獣《まじゅう》を従える魔竜王《まりゅうおう》が襲来《しゅうらい》し、皇国を滅亡《めつぼう》させる。絶対そんなことさせない！　フラグへし折って、みんなで幸せになるぞー！

そしてお兄様の過労死フラグも折る！

そう固く決意して、破滅の元凶《げんきょう》になるゲームのヒロインやメイン攻略対象の皇子には近付かない会話もしない！　と決めて。……いきなりグダグダに二人ともと仲良くなったり……したけれど。

そのヒロインと皇子、そして兄アレクセイと力を合わせて、ゲームシナリオの重要な分岐点《ぶんき》になる、魔法学園へ襲来《しゅうらい》した魔獣撃退《げきたい》に成功した。これで、皇国滅亡フラグはほぼ折れた。

あとはヒロインと皇子がまとまってくれれば、おそらく破滅フラグも折れる。のだけど、そっちはなんだか、うまくいっているのかいないのか……。

とはいえ滅亡フラグを折ったことで大きな肩《かた》の荷《に》が下りて、しばらくはまったり過ごせばいいか、とエカテリーナは思っていた。

この日もエカテリーナは友人のフローラ・チェルニー男爵令嬢《だんしゃくれいじょう》と共に作った昼食をバスケットにつめて、執務室に持っていった。

前世の記憶では、フローラは乙女ゲームのヒロインだ。悪役令嬢のエカテリーナは、平民出身の彼女をいじめる役割。けれど記憶がよみがえったエカテリーナは、彼女に近付かない会話もしない！　と決めていたのだが……結局、すっかり仲良くなった。控《ひか》えめだが優《やさ》しくて頭の良いフローラとは、親友とさえ言える間柄《あいだがら》になっている。

「お嬢様《じょうさま》、いらっしゃいませ」

ノックに応じて執務室のドアを開けてくれたのは、兄の従僕、イヴァンだ。いつもにこにこと愛想《あいそ》のいい青年だが、今日は少しばかり笑顔《えがお》が硬《かた》いようで、エカテリーナは首をかしげた。

「イヴァン、顔色が冴《さ》えなくてよ。どうかして？」

「いえ……俺としたことが、ペンを削《けず》るナイフの研《と》ぎが甘かったみたいです。閣下のペンの書き味が悪い」

イヴァンは、慚愧《ざんき》に堪《た》えないという表情だ。ペンは羽根ペンのこと、鳥の羽根を削ってペンとして使う。ペンを削る専用のナイフというのもあって、削り方で書きやすさがだいぶ変わる。アレクセイが使う羽根ペンを用意するのはイヴァンの仕事だが、そつのない彼にしては珍《めずら》しく、準備が甘かったようだ。

「イヴァンはお仕事熱心だこと」

エカテリーナは微笑《ほほえ》んだ。前世の便利な文房具《ぶんぼうぐ》を知っている身としては、手のかかる羽根ペンを完璧《かんぺき》に準備しようとするイヴァンに、むしろ感心する。

早く誰《だれ》かに、もっと良いものを発明して欲しいよね。

執務室には、新顔がいた。エフレム・ローゼン。ユールノヴァ騎士団《きしだん》を束ねる騎士団長である。

年齢《ねんれい》は四十代半ばくらい、鉄灰色《てっかいしょく》の髪《かみ》と同色の口髭《くちひげ》を蓄《たくわ》えた、寡黙《かもく》な印象の渋《しぶ》い美丈夫《びじょうふ》だ。

着ている装束は、前世で見たファンタジーや実在したテンプル騎士団とかの騎士そのもの。

そんな人物と食卓《しょくたく》を囲めるなんて、とエカテリーナはテンションだだ上がりだったのだが、そこへアレクセイがこう言った。

「そろそろ薔薇《ばら》の季節が近いだろう。それで今年、皇室御一家《ごいっか》が皇都公爵邸《こうしゃくてい》へ行幸《ぎょうこう》される日が決まったと連絡《れんらく》があった。お前は両陛下への初めての拝謁《はいえつ》になるから、何か準備が必要なら言いなさい」

「……は？」

皇室御一家が公爵邸へ行幸……？

行幸。

日本語ならぎょうこう。みゆきとも読む。

今ひとたびのみゆきまたなむ。百人一首。上の句なんだっけ……。峰《みね》の紅葉葉《もみじば》心あらば。駄《だ》目《め》だ最初が思い出せないなー。あ、小倉山《おぐらやま》だ。

ってあああ現実逃避《とうひ》が止まらないぃ！

皇室が一家揃《そろ》ってうちに来るとおっしゃいますかー！

さすがお兄様。爆弾発言の威力《いりょく》が凄《すご》すぎです。

言葉はわかるのに意味が理解できないレベルです。

ＩＣＢＭ（大陸間弾道《だんどう》ミサイル）叩《たた》き込まれたくらいの衝撃《しょうげき》です!!


妹の顔色を見て、アレクセイが慌《あわ》てて説明してくれた話によると、三大公爵家はそれぞれの皇都邸《てい》に家を象徴《しょうちょう》する花の広大な庭園を持っており、その花が見頃《みごろ》の時季になると皇室御一家が訪《おとず》れてくるのが恒例《こうれい》行事なのだそうだ。

確かに皇都ユールノヴァ公爵邸には、広大な薔薇園がある。……しかし、まさか毎年皇室一家が観賞《かんしょう》に来るとは。

「……すまない、私の失態だ」

片手を額に当てて、アレクセイは珍しく狼狽《うろた》えている。

「もっと早く、お前に伝えるべきだった。女性は衣装などに時間がかかるのを考慮《こうりょ》すべきなのに、そういうことに不調法《ぶちょうほう》ですまない」

「い、いいえ、お兄様。そのように大切なことを存じ上げなかったわたくしがいけないのですわ」

お兄様にとっては常識みたいなもので、わざわざ説明する必要があるとは気付けないことなんだろうな。

私も幽閉《ゆうへい》状態から解放されて八ヵ月経《た》つのに、こんな重要行事を知らないのはやっぱり、半年間も殻《から》に閉じこもっていたせいだと思う。

だから、お兄様は悪くないです。ええ、とにかくお兄様は悪くない。

しかし！

皇帝《こうてい》一家が毎年花見に来るって、三大公爵家《こうしゃくけ》すげえ！

そんなことがあろうとは、夢にも思いませんでしたよ、ええ！

今この瞬間《しゅんかん》も、うっかり白目になりそうだ！

何か準備が必要なら言えって言われたっけ？

準備？

どうすりゃいいの、何すりゃいいの？　うわーん、さっぱりイメージできません！

「お嬢様、そう緊張《きんちょう》されることはございません。毎年のことですから、皆《みな》心得ております。ご自分の衣装さえご準備されればよろしいかと」

アレクセイの側近にして師のような存在であるノヴァクがそう声をかけてくれて、エカテリーナは我に返った。

そうか、まったくその通り。私以外には恒例行事！

「あの、私が言っても気休めですけど、きっと大丈夫《だいじょうぶ》です。公爵閣下がご一緒《いっしょ》ですし、ミハイル様もいらっしゃるんですから」

励《はげ》ますようにエカテリーナの背を撫《な》でて、フローラが言う。

あ……そうか。確かに。

お兄様の後ろに隠《かく》れてれば安心。皇室ご一家と言っても一人は皇子。

……しかし残りは皇帝皇后……ぬおお。

「衣装もご心配はいりません。あまり凝《こ》ったものでなければ、急がせれば間に合うでしょう。幸い明日は週末、公爵邸にお帰りになってご準備なされればよろしいかと」

商業流通長のハリルが笑顔で言う。男性なのにドレスの準備所要期間が判《わか》るあなたは一体何者。あ、商人か。

みんながこんなに励ましてくれるって、私はどんだけショック丸出しにしてしまったんだ……。さっさと立ち直らねば！

「ありがとう存じますわ、皆様《みなさま》。おかげさまで、落ち着いてまいりました」

しかし、衣装。ドレス……。

り、流行とかあるんだろうな。

「できることならお嬢様には、今のご婦人方の流行とは異なる衣装をお召《め》しになっていただきたいものです」

ため息混じりに言ったのがアーロンだったので、エカテリーナは驚《おどろ》いた。学者のような風貌《ふうぼう》

の若き鉱山長が、ドレスの流行について意見があるとは意外だったので。

「ユールノヴァ領は宝石も産出しますが、近年ご婦人方はあまり豪華《ごうか》な宝石をお求めにならないので、値が下がっておりまして。もう数年来、流行は『神々の山嶺《さんれい》』の向こうから輸入される、豪華な絹織物なのだそうです。衣装の主役が美しい模様を織り込んだ布地なので、大きな宝石は邪魔《じゃま》になるとかセンスが悪いとか思われるようになってしまったらしく」

『神々の山嶺』とは大陸の中央にそびえ東と西を分かつ、大山脈のことだ。前世のヒマラヤ山脈に似ているが、それ以上に険しく、大陸を背骨のように貫《つらぬ》いているらしい。そのため東西の交易は、ほぼ海路に限られる。

「せっかく極上品《ごくじょうひん》を採掘《さいくつ》した場合も売り物にすることができるようになったのですが……。宝石は鉱物の華《はな》なのに。残念でなりません」

アーロンは悲しげだ。

……アーロンさん、鉱物マニアでしたか。マニア心が昂《こう》じて鉱山長にまでなるってすげえ。

しかし『極上品を採掘した場合も』とな？

「あの、今までは良い宝石が採掘できても、売ることができませんでしたの？」

素朴《そぼく》な疑問を口にしてみると、執務《しつむ》室に微妙《びみょう》な空気が流れた。

なぜに？

と思ったら、アレクセイが苦々しげに教えてくれた。

「お祖母様《ばあ》が、そうしたものは自分の物だと言って他《ほか》へ売ることを禁じていた。……鉄鉱山の方へ口出しされるよりはましだから、それくらいは好きにさせていたんだ」

……あ、ん、の、クソババア！　皇女の生まれを鼻にかけてやりたい放題、人格者だったセルゲイお祖父様《じい》亡《な》き後、アナスタシアお母様と私を幽閉《ゆうへい》した祖母アレクサンドラ！

嫁《よめ》いびり以外にそんな真似《まね》もしてたんかい！

そしてお兄様、うすうす気付いてたけどやっぱり、父親やクソババアの生前から公爵領の仕事を担《にな》わされていたんですね。

子供を働かせておいて、さらに私欲《しよく》でその仕事を邪魔するような真似しやがって、てめーはマジで魔獣《まじゅう》に食われて排泄《はいせつ》されるべきだったクソババアじゃ！

……いかん、落ち着こう。クソババアも今はこの世の人じゃない。人間死ねばみな仏。

この世界に仏教ないけれど。

でも落ち着こう。どうどう自分。

で、私に宝石の良さをアピールしてほしいと？

なんか特産品の宣伝するって、観光大使みたいですけど……悪役令嬢《れいじょう》に観光大使が務まるでしょうか。

「お若い女性には大粒《おおつぶ》の宝石は似つかわしくないとされますが、お嬢様《じょうさま》のように威厳《いげん》のあるお美しさであれば、さぞお似合いになるでしょうね。皇后陛下も羨《うらや》む逸品《いっぴん》を用意いたしますので、ぜひお使いください。そうだ、閣下、例の『天上の青』ですが、お嬢様にうってつけではありませんか。お嬢様、こちらもぜひ。皇后陛下も、そろそろ次の流行を打ち出したい頃合《ころあ》いでしょう。見定めていただくよい機会です」

ハリルさん、私を無料広告塔《こうこくとう》として活用する気マンマンですね。『天上の青』って何だろう、まあ、お役に立てれば嬉《うれ》しいですが。でも効果は期待できないですよ……。

「エカテリーナ、宝石も『天上の青』も、気に入らなければ使わなくていい。お前の好きにしていいんだよ。輸入の絹織物が良ければ、好きなだけ買いなさい。皇后陛下をもてなすなら、その方が無難でもあるのだから。輸入絹織物の流行を創《つく》り出したのは、皇后陛下なんだ。実家のユールセインは東西交易の重要な港を抱《かか》えているからね、輸入が盛んになれば潤《うるお》う。しかしそれだけでなく、皇国の産物を東へ輸出する量も増えて、皇国全体に利益をもたらしてもいる。賢明《けんめい》な方だ」

「まあ……」

アレクセイの言葉に、エカテリーナは思わず感嘆《かんたん》した。

「利幅《りはば》の大きい絹織物を流行《はや》らせることで、東の商人を呼び寄せておられますのね。布地だけでは貨物船の船倉《せんそう》に空きがでてしまいましょうから、皇国で売れるであろう他の商品も運んでくるはず。絹織物と抱《だ》き合わせて、他の商品は少し安価に皇国で流通するのであれば、それは売買が盛んになることでしょう。そして東へ帰る時には、東の国々で売れるであろう物品を買い付けて船倉を埋《う》めるのでしょうから、皇国の産物も輸出が増える。そういうことでございましょうか」

うーん、やるなあ皇后陛下。

前世でも戦国時代の姫君《ひめぎみ》とか、ルネサンス期イタリアの女性たちとか、実家と婚家《こんか》の橋渡《はしわた》しをしつつ両方盛り立てるのが理想だったもんね。

「なんとお見事なななされようでしょう。衣装の流行を先導するという、皇后のお立場なら自然なことから経済を活性化させ、誰《だれ》にも後ろ指をさされることなくご実家を引き立てつつ、皇国も盛り立てておられる。皇后というお立場にある方の、鑑《かがみ》のようなお方であられますわ」

「……エカテリーナ様は、それを即座《そくざ》に理解なされるのですな」

ノヴァクが唸《うな》る。瞬時《しゅんじ》にここまで理解できる十五歳の少女など他にいるだろうか。

いや中身が元歴女のアラサーで、かつ物流システムや受発注システムなど商業がらみのシステムも開発したことのあるSEで、あと経済系のドキュメント番組が好きでよく見ていた、中身おっさん女だからなのだが。

「お嬢様、いつか皇后の位にお即《つ》きになり、そうしたことをご自分でもやってみたいと思われませんか」

「えっ！　まさか思いませんせん絶対嫌《いや》ですわ」

ノヴァクの言葉をエカテリーナは脊髄《せきずい》反射的に瞬殺《しゅんさつ》した。一刀両断真っ向唐竹割《からたけわり》である。

だって！　あれほどあり得ないと思った魔獣のイベントでさえ、ゲームのシナリオ通り発生したんだから！

悪役令嬢が皇后の位なんか希望して皇子を狙《ねら》ったりしたら、きっと即座に破滅《はめつ》フラグ立つよ！　絶対！　やだやだ怖《こわ》い！

ってああっすんません、気が付いたらノヴァクさんが真っ白に……。

「あ、あら、申し訳ございません。わたくし、わがままを申しました。でも皇室は嫌ですの……」

「……さようでございますか」

「いいんだ、私が許したことだからな」

ノヴァクは嘆息《たんそく》したが、アレクセイはなにやらむしろ機嫌《きげん》が良い。

「ローゼン、我が妹は聡明《そうめい》だろう。私が妻を娶《めと》るか、この子が他家へ嫁《とつ》ぐまでは、ユールノヴァの女主人はこのエカテリーナだ。ユールノヴァ騎士団《きしだん》の貴婦人として戴《いただ》き、忠誠を捧《ささ》げるよう命じる。皇室御一家《ごいっか》がご来駕《らいが》される前日に、剣《けん》を捧げ忠誠の誓《ちか》いを行え。私に何かあれば、騎士団はあるじをエカテリーナとし、命令に服従するように」

「拝命いたしました、閣下」

騎士団長は立ち上がり、胸に拳《こぶし》を当てて一礼した。

「妹君のお優《やさ》しく聡明なご気質は、このたび騎士団の一員となるマルドゥから聞き及《およ》んでおります。騎士団の貴婦人に戴けますこと、光栄に存じます」

騎士団の貴婦人？　剣を捧げる？　なんですかその中世騎士道物語にして乙女《おとめ》チックファンタジーロマンな言葉。アラサーも思わずときめいてしまうんですが。

アレクセイは目を見張っている妹の髪《かみ》を撫《な》でて、微笑《ほほえ》んだ。

「お前は、ユールノヴァの娘《むすめ》として当然得るべき多くのものを、まだ手にしていないんだ。まずはそれを正していこう。身体《からだ》が弱いのだし、皇后の位など狙わなくていい。今は両陛下への拝謁《はいえつ》に備えることだけ、考えていなさい」

「はい、お兄様。仰《おお》せの通りにいたしますわ」

ほっとしてエカテリーナはうなずいた。

ありがとうございますお兄様。

そして、病弱設定削除《さくじょ》してください、なんて思っててごめんなさい。病弱って皇后になれない立派な理由になりますよね！

これからは破滅フラグ対策として、病弱設定を活用させていただきます！

第一章　ユールノヴァの薔薇

翌日、エカテリーナはアレクセイと共に馬車に乗り、皇都公爵邸《こうしやくてい》へ帰宅した。

皇都公爵邸の広大な庭園では、すでに薔薇が咲《さ》き始めていて、目につくだけでも何人もの庭師が忙《いそが》しそうに手入れをしている。これから当日に向けて、その日が一番の見頃《みごろ》になるよう、品種ごとに開花時期を調整していくのだそうだ。

ユールノヴァの庭にない品種はなく、ユールノヴァの庭にしかない品種はいくつもあると言われているそうで、それをある日を狙って満開にさせるのはさぞ大変に違《ちが》いない。毎年のこととはいえ、一大イベントである。

昨日の昼食の時点では、衣装の準備って一体何をすればいいのか、と頭を抱えたくなっていたのだが。寮《りよう》に帰ってメイドのミナに半ば愚痴《ぐち》で話してみると、ミナはいつも通り無表情にうなずいた。

「そんなのは使用人の仕事ですから、あたしが手配します。お嬢様はどんなの着たいかだけ考えててください」

え、そうなの？　という感じ。

しかし落ち着いて思い出してみれば、幽閉状態《ゆうへい》から脱《だっ》した半年間、公爵領の本邸《ほんてい》で暮らす間にきれいなドレスをたくさん作ってもらったけど、自分ではなーんにもしなかったな。いつの間にか作られている新しいドレスを、着せられるままに着ていただけだった。

そして記憶《きおく》している限りでは……あんまり似合ってなかった気がする。髪の色が藍色《あいいろ》で大人っぽい私に、フリルたっぷりの真っ黄色なドレスとか着せたチャレンジャーはどこのどいつだ。

本来あるべき流れは、私にドレスが必要となったら、メイドや執事《しつじ》などの使用人が出入りのデザイナーを呼び寄せ、私からそのデザイナーにどういうドレスが欲しいという希望を伝えて、デザイン画などを見て気に入ったら発注する、という感じらしい。

そしてミナは、寮《りょう》で夕食の給仕《きゅうじ》をしてくれた後ちょっと外出し、皇都の人気デザイナーにアポを取り付けてきてくれた。明日公爵邸へ来るそうだ。

前日の夜に翌日のアポが取れるって、すごくないだろうか。うちの美人メイドが有能すぎる件。

まあ、ユールノヴァ公爵家の威光《いこう》、ってやつなのかもしれないけど。

そんなわけでさっそく、デザイナーと打ち合わせ。デザイナーはカミラ・クローチェという三十代になったばかりの新進気鋭《きえい》、緑がかった銀色の髪を複雑に結《ゆ》い上げた細身の女性だった。

椅子《いす》に座るよう勧《すす》めたらやけに驚《おどろ》かれたので、公爵令嬢《こうしやくれいじよう》はデザイナーを立たせて打ち合わせすべきなのか？　と不安になったが、こっちが落ち着かないし。重ねて勧め、テーブルを挟《はさ》んで向かい合う。

皇室御一家のご来駕をお迎《むか》えするための衣装であること、失礼にならない程度にシンプルなデザインにして欲しいことを伝えると、カミラはほっとした表情になった。

「お嬢様《じょうさま》のお美しさでしたら、シンプルな方がむしろ引き立ちますわ。今の流行は生地《きじ》の美しさを生かすデザインですから、ご希望にぴったりです。お嬢様にお似合いになりそうな、素晴《すば》らしい生地のサンプルをお持ちしておりますのよ。東の果てから取り寄せた、最高品質の絹織物です。きっとお気に召《め》しますわ」

「それなのですけど。実は、使いたい生地がありますの」

合図すると、ミナがさっとテーブルに数枚の布を広げた。今朝、ハリルから渡《わた》されたものだ。

「『天上の青』、をご存知かしら」

布はすべて青系統の色。一番濃《こ》い色は、群青《ぐんじょう》というか瑠璃色《るりいろ》。暮れゆく宵闇《よいやみ》の一番美しい一瞬《いっしゅん》を切り取ったような、深いのに透明感《とうめいかん》もある、たまらないほど美しい色をしている。

もうね、一目惚《ひとめぼ》れしましたよ！　薄《うす》めの青も、春の空のようだったり、夏空の一番高い宇宙が透《す》ける天頂のようだったりする、それぞれなんとも美しい青なんですよ！

『天上の青』とは、ユールノヴァ公爵領で採れるラピスラズリを砕《くだ》いて、染料《せんりょう》や顔料《がんりょう》にして作り出す青色のことなのよ。だから本来、この布はものっすごく高価。一番高価な一番濃い色でドレスを作ったら、費用はおそらく庶民《しょみん》の平均年収を容赦《ようしゃ》なく超《こ》えます。

大学時代の友達でイラストを描《か》くのが趣味《しゅみ》だった子が、やけに青色にこだわりがあって何度も力説されたことがあるんで、前世の世界でもラピスラズリは布を染める染料や絵の具の顔料として使われていたことは知っていた。その青の名は英語でウルトラマリン、海を越《こ》える、という意味。ラピスラズリの産地はアフガニスタンなので、ヨーロッパでは地中海の向こうからくる青だったのね。

こちらの世界では、この青には、直訳すると『天上の青』という意味になる名前がついている。誰《だれ》が命名したか知らんが、美しいのでグッジョブ。

「『天上の青』は存じておりますが……」

カミラの目は生地に釘付《くぎづ》けだ。

「これほどムラなく見事な発色は、初めて拝見いたしました。何か特別なものなのでしょうか」

「ええ、ラピスラズリだけでなく、わが領で発見された、従来とは異なる染料を使って染めたものですのよ」

発見者は、セルゲイお祖父《じい》様の弟であるアイザック大叔父《おおおじ》様。鉱物マニアのアーロンさんが恋《こい》する乙女みたいに目をキラキラさせて語るには、皇国史上最も優《すぐ》れた鉱物学者らしい。

この染料は採掘《さいくつ》するものではなく造り出すことができるそうで、前世の世界で使われていた合成ウルトラマリンのようなものが、ちょうど発見されたのかもしれない。

「この新たな染料は、今までよりはるかに安価に、しかも今まで以上に美しく、『天上の青』を染めることができますのよ。皇后陛下にご覧いただいて、皇国の新たな産品として評価をお願いしたいと思っていますの」

「安価に？」

サクッとカミラは食いついた。

「素晴らしいですわ——ああ、いえ、ユールノヴァ公爵家のお力をもってすれば、お値段などお気になさる必要はございませんけど。より多くのご婦人が、この美しい青を身につけることができるようになるのですね」

「そう願っておりますわ」

それを嫌《きら》って妨害《ぼうがい》したクソババアは消えたしな。

実はこれ、アイザック大叔父様が発見したのは、もう十年くらい前のことなんだそうだ。それから安定製造できるよう研究開発を進めていたけれど、お祖父様が亡《な》くなった後、クソババアがそんな研究は許しませんと言い出したらしい。ごく一部の高貴な人間だけが身に付けるべき『天上の青』を、安価にして下賤《げせん》の者共に使わせるなどとんでもないと。

で、ハリルさんたちはハイハイと頷《うなず》きつつこっそり研究を続けて、完成させていたらしい。

しかしババアが居なくなっても、流行じゃないからなかなか売り出せなかったと。

……お兄様や部下の皆《みな》さんがやたら忙しいのって、クソババアの害がなくなってできるようになったことが、他《ほか》にもいろいろあるのが一因だな。

『天上の青』をお手頃《てごろ》価格に価格破壊《はかい》して、庶民も楽しめるようにしたるから、草葉《くさば》の陰《かげ》で歯ぎしりするがいいわクソババア！

「それから、公爵領で産出する宝石も、デザインに組み込みたいと思っておりますの。ここから、好きなものを選べましてよ」

ミナが、さまざまな宝石が収められたケースを取り出してカミラに示す。これはアーロンから受け取った。

色とりどりにきらめく宝石は、どれも直径数センチはある。色も鮮《あざ》やかだ。宝石の品質とか詳《くわ》しくないけど、前世ならとんでもない値段がつく代物《しろもの》ばかりのような気がする。数百万円とか数千万円、下手すると億……考えるとこわい。

無料広告塔《こうこくとう》ってだけだから！　私がもらうわけじゃなく貸与《たいよ》ってことで！

「今の流行に合わないことは承知しておりますけれど、ユールノヴァ領を代表して両陛下をお迎えするからには、わが領の特色を表したいと思いましたのよ。シンプルな台をつけてブローチにいたしますから、それを織り込んだデザインをお願いしたいですわ」

「まあなんて素晴らしい極上品《ごくじょうひん》ばかり……この美しい『天上の青』と宝石。デザインはあくまでシンプルに上品に、主役は色彩《しきさい》ということですわね。ええ、お嬢様でしたらこれらで、女神《めがみ》のように神秘的な美しさを演出できますわ。今の流行に従うのではなく、創造的なドレス……

なんて素敵《すてき》。わたくし、全力で取り組ませていただきます！」

そう言って、カミラは素早《すばや》くスケッチブックにペンを走らせ始める。

ここからめちゃくちゃ白熱しました。

シンプルながらも華《はな》やかにしたいカミラさんvs.生地を目立たせるためシンプルを極《きわ》めたい私。

デザインはお任せしようと思ってたけど、ドレスについて悩《なや》むのがこんなに楽しいとは
……！　それに、お兄様や部下の皆さんの役に立てるかもしれない、と思うと力も入りますよ。

おかげでちょっぴり、ドレスをお披露目《ひろめ》する花見の日が、楽しみになったかも。

あくまでちょっぴり、ですけどね。

「……お嬢様は、お祖母《ばあ》様とはまったく違《ちが》った考え方をなさるのですね」

ドレスのデザインがほぼ決まったところで、カミラにしみじみと言われて、エカテリーナは
おやと思った。

「もしや、祖母にお会いになったことがありますの？」

「ええ、駆《か》け出しの頃《ころ》に。厳しい方……いえ、威厳《いげん》のある、誇《ほこ》り高い方でした」

クソババアって言ってええんやで。

なんて言えないけど言いたい。

「祖母と……何かありましたかしら」

「いえ！　……いえあの、頻繁《ひんぱん》にドレスをご注文されることで有名な方でしたから、お目に留

まるよう努力しまして、ドレスをお作りしたことがございます。ですが、お納《おさ》めしたものの、お気に召していただけませんでした。複雑なデザインの、豪華《ごうか》なドレスだったのですが……」

ぴんときました、社会人として。

こほん、とエカテリーナは咳払《せきばら》いする。

「ええ、その、その時……お支払《しはら》いは済んでおりまして？」

「よ、よくお解《わか》りで。ええ、お代はいただけませんでした」
ク、ソ、バ、バ、ア～～～!!
誇り高い？　だったら、駆け出しのデザイナーから代金踏《ふ》み倒《たお》すんじゃねーよっ!!

「失礼ですけれど、未払《みはら》いを証明できるものを何かお持ちかしら」

「はい、それでしたら、書簡をいただいております。お祖母《ばあ》様のお付きの方からですが、お気に召さないため受け取ったとは認めない、よって支払いはしないと」

……頭痛くなってきた。

現物を受け取っておきながら、気に入らんから代金払わないだと？　アタマ湧《わ》いてんのか。

「ミナ……」

「執事《しつじ》のグラハムさんに伝えときます」

「ありがとう。その書簡を執事にお見せになって、お代を受け取ってくださいましね。祖母のふるまいをお詫《わ》びいたしますわ」

「ありがとうございます……！」

カミラは深々と頭を下げる。

ドレスのデザイナーって資金繰《しきんぐ》りが大変なのかな。クソババアがほんとにすまん。

「お嬢様《じょうさま》はなんて素晴《すば》らしいお方なんでしょう。お優《やさ》しくて、センスがおありで、お若いのに世知に長《た》けてらして……。ユールノヴァ公爵家《こうしゃくけ》のお姫様《ひめさま》でいらっしゃるのに、わたくしのような者にも気さくに接してくださって、感激いたしました」

あ、いや。

中身がお姫様じゃないだけなんです。ほんとすんません。

まあ、お世辞言ってくれてるわけだけど、こっちはいろいろ詐欺《さぎ》なんで気がひけるわ。

「今回のドレスがお気に召《め》しましたら、どうか今後ともごひいきくださいませ」

「ええ、こちらこそ。貴女《あなた》が『天上の青』を使ったデザインに可能性を感じるようでしたら、皇都のご婦人方にお薦《すす》めしていただければ嬉《うれ》しゅうございますわ。まだあまり知られておりませんの」

「ええ！　ぜひ使わせていただきたいですわ。お似合いになりそうな、新しいものに敏感《びんかん》な方に心当たりがあります。素晴らしいお色ですし、お嬢様のためなら、わたくしせっせと売り込みいたします」

「嬉しいお言葉ですわ」

たぶん、カミラさん自身にもプラスになるよね。顧客《こきゃく》に新しい提案ができるってのは。

Win-Win でよろしく！

採寸をその場で済ませ、来週仮縫《かりぬ》いしたドレスをお持ちしますと約束してカミラが帰った後、エカテリーナは皇都公爵邸《こうしゃくてい》の一室へ向かった。

そこは、ユールノヴァ公爵家代々の当主とその家族の肖像画《しょうぞうが》が飾《かざ》られている部屋だ。四百年前の初代セルゲイから当代アレクセイまで、さまざまな姿が広い壁《かべ》を埋《う》め尽くしている。

ゆったりと椅子《いす》に掛《か》けたダンディな祖父セルゲイと、その傍《かたわ》らに生真面目《きまじめ》な表情で立つ、まだ片眼鏡のない十歳の美少年アレクセイとのツーショットを見上げて微笑《ほほえ》み、軽く心の準備をして、エカテリーナはその隣《となり》に目を移した。

……無駄《むだ》にデカいんじゃ！

ひときわ大きい肖像画に描《えが》かれているのは、若い女性だ。とても美しい。ほっそりと背が高く、まとう衣装は豪奢《ごうしゃ》そのもの。結《ゆ》い上げた長い水色の髪《かみ》に豪華なティアラをきらめかせ、ネックレスとイヤリングには巨大《きょだい》な宝石があしらわれている。微笑んでいるはずなのにどこか冷ややかな切れ長の目は、水色。お兄様に似てはいるのがムカつく。

これが、祖母。の、若い頃。皇女アレクサンドラ。

なんでユールノヴァ公爵家代々の肖像画に、皇女時代の肖像画紛《まぎ》れ込ませてんだよっ！　まだ家族じゃなかった頃のだろ、これ！

声にしないで呟《つぶや》く。後ろに控《ひか》えるミナに聞こえないように。

（クソババア）

ふんっ！　とそっぽを向き、さらにその隣へ目を向けた。

リラックスした様子で椅子に掛け、長い足を組んで、甘い笑《え》みを浮《う》かべた超絶《ちょうぜつ》美形が描かれている。こちらも水色の髪、水色の瞳《ひとみ》、片眼鏡がないだけでお兄様そっくり。父親、アレクサンドル。

その隣が、お兄様。剣《けん》を手にして凜《りん》と立つ、麗《うるわ》しき青年当主。父親似の美麗《びれい》な顔立ちが厳しく引き締《し》まっているのは、絶大な権力と莫大《ばくだい》な富を持つユールノヴァ公爵家を、たった独りで背負《せお》って立たねばならない身であることを自覚し、それに立ち向かおうとしているからだろう。

お母様似の私と違って、お兄様の顔立ちは祖母と父の系統。ただ、二人の瞳の色はただの水色であって、お兄様のあの印象的な、自ら光を放つかのようなネオンブルーではないように見える。肖像画だから、そこまで描き切れなかっただけかもしれないけど。

とはいえ、お兄様の肖像画の方は、お祖父《じい》様とのツーショットもお兄様一人のものも、お兄様の瞳の色をよく表現している。画家の技量の差かもしれない。けれど、本当に違う色合いだったのだと思いたい。

「お嬢様」

ミナではない声に呼ばれて、エカテリーナは振《ふ》り向いた。

黒っぽいドレスを着た、年配の女性だ。そのドレスは、女性使用人を束ねる家政婦のお仕着《しき》せである。ただし、彼女は家政婦ではない。

「執事に言われてまいりました。ご用でしょうか」

「ええ。あなたがお祖母《ばあ》様の侍女《じじょ》だったノンナかしら」

「左様でございます。ノンナ・ザレスと申します」

「そう。お祖母様は頻繁にドレスを注文していたそうね。まだ処分していないのでしょう、どういうものか一度見てみたいと思いますのよ。保管場所に案内してちょうだい」

するとノンナはわずかに頭を下げただけで、ふいとエカテリーナに背を向けて、足音もなく歩き出した。

この態度……まあ、なんとなく予想はしてました。

その後を追って歩きながら、エカテリーナはノンナに問う。

「あなたから見て、お祖母様はどんな方でしたの？」

「最高の貴婦人でございました」

きっぱりと答えが返る。まるで知り抜《ぬ》いた模範《もはん》解答のように。

「では、お父様はどんな方？」

今度は、答えの前に少し間があった。

「……素晴らしい方でした。あらゆる女性を虜《とりこ》にするほど、魅惑《みわく》的な殿方《とのがた》でしたわ。見目麗《みめうるわ》しいだけでなく、洗練された紳士《しんし》で、女性には常に優しく接してくださいました。つまらぬ世事《せじ》に囚われず、いつもおおらかで人生を謳歌《おうか》しておられる方だったのです」

——要するにタラシな！

しかも、あらゆる女性を虜……トンデモレベルのタラシ野郎《やろう》だ。光源氏《ひかるげんじ》かよ。顔はお兄様とそっくりだけど、お兄様のスペックを女をタラシ込むことに注ぎ込んだらこうなるっていう、最終形態じゃねーのか。

だいたい、裏方の事務仕事とかをまだ子供のお兄様にやらせて人生謳歌とか、舐《な》めてんのかクソ親父《おやじ》。

「まあ、そうなの。つまらぬ世事って、たとえばどのようなことかしら」

ノンナは振り向き、じろりとエカテリーナを見た。

「書類だの、お金の勘定《かんじょう》だの、そんな無味乾燥《むみかんそう》なことですわ」

「まあ。お父様はお金を勘定なさらなかったのね」

エカテリーナは、心底可笑《おか》しそうな笑顔でノンナを見返す。

ノンナの視線が厳しくなったが、エカテリーナの笑顔はびくともしなかった。

ぷいと目をそらし、ノンナは再び歩き出す。

フッ、勝ったぜ。

って、我ながらしょーもないわー。

しかし、目的地に到着《とうちゃく》するやエカテリーナは膝《ひざ》から崩《くず》れ落ちそうになった。

なんじゃこりゃあ！

ウォークインクローゼット、なんてもんじゃなかった。ウォークイン広間！　広間にウォークインするのは当たり前だが、小規模なパーティーが開けるくらいの広間が、ドレスでぎっしり埋まっとる！　広間がまるごとクローゼット！　広間がドレスの墓場！

ドレスの色褪《いろあ》せを防ぐためなのか、窓の鎧戸《よろいど》を締め切っていて暗い中に、トルソーに着せた無数のドレスが薄《うす》ぼんやり見えるというホラーテイスト！

クソババアの執念《しゅうねん》が漂《ただよ》ってそうで、マジ怖《こわ》い。

「これでも全《すべ》てではございません。公爵領の本邸《ほんてい》には、もっとたくさんございます。これが、貴婦人のなされようというものですわ」

ノンナはなぜか誇《ほこ》らしげだ。

「お祖母《ばあ》様は、少なくとも週に一度はドレスをご注文なさいました。一度袖《そで》を通したドレスを二度お召しになることは決してなく、出来上がったものがお気に召さなければ身につけるどころか、二度とお目にかけることすらお許しになりませんでした。この豪奢、この矜持《きょうじ》こそ、最高の貴婦人の証《あかし》ですわ」

そしてノンナは、冷ややかにエカテリーナを見据《みす》えた。

「お嬢様《じょうさま》は皇都にいらして二カ月ほどになるというのに、このたび初めてドレスをご注文になるそうですわね。嘆《なげ》かわしい。ユールノヴァの家名をなんとお考えですか。下々の者どもから侮《あなど》られないためにも、公爵家のお力を示さなければなりません。お祖母様の厳しいお眼鏡にかなった、最高のデザイナーたちを紹介《しょうかい》いたしましょう。これからは少なくとも毎週末、ドレスをお作りなさいませ」

「……」

「使用人たちへの接し方も、今のお嬢様のなされようは貴婦人とは程遠いものと、自覚なされるべきです。わたくしが、お祖母様ならどうなされたかを、しかとお教えいたしますわ。それができるのは、お祖母様の一番近くでお仕えしたわたくしだけ。わたくしがお嬢様を、立派な貴婦人にして差し上げます」

「まあ……貴婦人とは、ドレスをたくさん注文することでなれるものですの？」

「それができる財力が、お家にあることを示すのです。ですが、それすらくだらないことですわ。貴婦人はただ美に生きるもの。富や権力などというくだらない世俗《せぞく》のことに囚《とら》われた卑賤《ひせん》な者共を蔑《さげす》み、美に囲まれて自らの美を磨《みが》くことに努めるのが、貴婦人のふるまいなのですわ」

「まあ」

口元に手を当てて、ほほほ、とエカテリーナは笑った。

「なんて下品」

「な……」

ノンナはポカンと口を開けていた。

「なんですって？　今なんと……下品？　下品とおっしゃいましたの？」

「ええ、そう言いましたのよ。必要以上のドレスを注文するだの、公爵家の一員としての義務を放棄《ほうき》して身勝手に美に生きるだの、品位というものがまったく感じられませんわ。愚《おろ》かでくだらない行為《こうい》でしてよ」

「な、な……なんという、思い上がったことを！」

目を吊《つ》り上げて、ノンナは叫《さけ》ぶ。

「お祖母様、アレクサンドラ様がここにいらしたら、罰《ばつ》として鞭《むち》で打たせていたことでしょう！　そのお言葉は、皇女たるアレクサンドラ様を侮辱《ぶじょく》したも同然ですわ！」

「まあ怖い。お祖母様がいらっしゃらなくて良かったわ」

鼻で笑いながらもエカテリーナが口元を歪《ゆが》めたのは、嫌《いや》なことを考えたからだ。まさかあのクソババア、小さい頃《ころ》のお兄様を鞭で打たせたりしてないだろうな。

してたら死んでてもコロス。

「お祖母様はもういらっしゃらなくてよ。お祖母様もお母様もいらっしゃらない今、ユールノヴァの女主人はこのわたくし。当主たるお兄様がそう仰《おお》せになりましたわ。ユールノヴァの貴婦人にふさわしいふるまいが如何《いか》なるものかは、わたくしが決めます。あなたの教えを請《こ》うつもりは、ございませんの」

ノンナはわなわなと震《ふる》え出した。

「こ、皇女の権威《けんい》を……皇室の権威を、なんとお考えですか。アレクサンドラ様よりご自分の方が偉《えら》いおつもりとは……」

「繰《く》り返しになりますけれど、お祖母様はもういらっしゃらないの。そしてご存知ないならお教えいたしますけれど、わが家に降嫁《こうか》された時から、お祖母様は皇女ではなくなっておられてよ。なにより、あなたは皇女ではありませんわね。ユールノヴァの女主人より偉いおつもりのあなたは、何者なのかしら。ああ、わが家の使用人ね。そう言えばさきほど、わたくしの使用人への接し方に何かおっしゃいましたかしら。思い上がった口をきいた使用人は、鞭で打たせればよろしいの？」

ついつい煽《あお》ってしまったエカテリーナは、ノンナの顔を見てちょっぴり後悔《こうかい》した。額の青筋が気持ち悪いレベルになっている。

これはもしかすると襲《おそ》いかかってくるかも？　物理的な喧嘩《けんか》なんかしたことないけど、絶対負けへんで。

と思ったら、すっとミナがエカテリーナとノンナの間に割って入った。

エカテリーナを背に庇《かば》い、じっとノンナを見据えている。いつかソイヤトリオにやったように、首のあたりをじっと見て、どれくらい絞《し》めたら息をしなくなるか、想像しているんだろうか。

驚《おどろ》いたことに、ミナを前にするとノンナはたちまち顔色を変えた。青ざめて、後ずさっている。

「こ、このような穢《けが》れた者を側《そば》に置くなど、アレクサンドラ様は決してお許しになりませんわ！　わたくしから離《はな》れなさい、魔物《まもの》！」

は？

思わずエカテリーナは脳内に某格闘家《ぼうかくとうか》を召喚《しょうかん》した。

『お前は何を言っているんだ』

「何度、同じことを言わせるおつもり？　お祖母様はもう、いらっしゃいませんのよ。そして使用人にすぎないあなたが、わたくしの側仕《そばづか》えのことをとやかく言うことは許しません。ミナはあなたなどよりはるかに、心延《こころば》えの優《すぐ》れたメイドですわ。案内、ご苦労様でしたわね。もう戻《もど》ります。あなたは付いて来なくて結構ですことよ――ミナ、参りましょう」

言い捨てて、エカテリーナはぷいっと背を向ける。

（あーもう、クソババアのクソっぷりが聞きしに勝《まさ》りすぎじゃー！）

皇都公爵邸《こうしゃくてい》で暮らした一カ月は学園入学に備えてひたすら勉強していたし、新たに私の世話係として雇《やと》われたミナとしか接しなかったから気付かなかったけれど、ここの使用人にはおかしいのが交じっているみたいだ。クソババアの側近くに仕えていた連中。一気にクビにすると人手が足りなくなるのか、だんだんと解雇《かいこ》して入れ替《か》えているみたいだけど、引き継《つ》ぎを拒《こば》んだりしてしがみついているのもいるんだろうな。

「お嬢様、あれ、片付けますか」

「……」

ミナに淡々《たんたん》と言われて、エカテリーナは返事に困った。

「いいえ。皇室御一家《ごいっか》をお迎《むか》えするまでは、人手が必要だと思うの。あんなのでも、居なくなると執事《しつじ》が困るかもしれないのですもの。終わってからお兄様にお話しして、ご判断にお任せしますわ」

「わかりました。——それからお嬢様、あたしは魔物じゃありません」

ミナがこれも淡々と言い、エカテリーナは微笑《ほほえ》んだ。

「もちろんよ、ミナ」

「でも、あたしの母方のじいさんが魔物でした」

「……」

再び返事に困ったが、内心では軽く納得《なっとく》していた。

(そっかー、ミナって魔物の血が入ってる人だったのか)

だから、私をお姫様抱《ひめさまだ》っこしてスタスタ歩けるほど力が強いのね。この世界、人型の魔物がいて、人間との間に子供を作ることもあるんだなあ。

でも考えてみれば、魔竜王《まりゅうおう》が人間に変身してヒロインの攻略《こうりゃく》対象になるんだから、魔物と人間の恋愛《れんあい》はむしろあって当然か。

「そうでしたのね、知りませんでしたわ。聞いていたのに忘れてしまったのなら、申し訳なかったことね」

「お話ししてなかったと思います。お嬢様が皇都にいらした時、急にお倒《たお》れになったってことで、ちゃんと挨拶《あいさつ》とかしませんでしたから」

「ああ、そうでしたわね」

前世の記憶《きおく》が戻って、頭の中に二人分の記憶と人格がある状態だったからねえ。なにかっちゃ頭が痛くなるわ、動こうとするとすぐロックがかかって意識が飛ぶわ、大変だったよなー。三日くらいで落ち着いて、ほんと良かったわ。

「魔物じゃないけど、魔物の血は引いてます。さっきのみたいに、どうこう言う奴《やつ》もいます。公爵家でもユールマグナは、あたしみたいなのは絶対使わないらしいです。お嬢様、お嫌じゃないですか」

「嫌？」

うーん、なんだろう。ミナが嫌って感じが全然ないな。

前世で、人外というか、異種族の出てくる漫画《まんが》や小説とか、好きでたくさん読んだせい？

ああいうのってだいたい、嫌がる方が残念な奴だよね。

ていうか、よく知らん人が魔物だったらそりゃ警戒心《けいかいしん》も持つかもしれないけど、ミナにはもう二カ月、食事や着替《きが》えやなんもかんも世話してもらってるし。おじいさんが人間じゃないからって、今さら。

「あら、思い出しましたわ。お兄様がお側《そば》にいらっしゃらない時、喉《のど》が渇《かわ》いたのに動けなくて、困っていたの。その時、身体《からだ》を起こしてくれたのが最初でしたわね」

ふふ、とミナに微笑みかける。

「起こしてくれて、水を飲ませてくれた手つきがとても優《やさ》しくて、心地《ここち》好《よ》いと思ったことを覚えていてよ。話してみるとぶっきらぼうな話し方で少し驚いたけれど、触《ふ》れる手が優しいのですもの、気にならなかったの。わたくし、ミナのこと、嫌だなんて思えそうもなくてよ」

いつも無表情なミナが、この時、ふっと微笑んだ。

「あたしも覚えてます。水を飲ませてさしあげたら、お嬢様《じょうさま》はありがとうっておっしゃいました。お嬢様は、相手が使用人でも、ちょっとしたことにも、ありがとうっておっしゃる。最初は驚きました」

「普通《ふつう》のことではなくて？」

小首を傾《かし》げ、はたとエカテリーナは目を見開いた。

「ミナ。もしかして、ミナはわたくしの護衛を兼《か》ねているのかしら」

「兼ねてますよ」

あっさりとミナは肯定《こうてい》する。

「ミナは、強いの？」

「強いですよ」

これまたあっさり肯定されて、エカテリーナは衝撃《しょうげき》を受けた。

てことは、ミナは——。

戦闘《せんとう》メイド!!

家事能力も戦闘力も高い、おまけにメイド服の似合う美人。現実に存在するわけないじゃーん、と思う生き物が身近にいた件！

はっ、そうだ確認《かくにん》せねば！

「ミナ！　お給金は充分《じゅうぶん》かしら？」

「は？」

「だって、メイドのお仕事だけでも朝から晩まで大変ですもの。それに護衛の役割まで兼ねているのでしたら、二人分はお給金がなければいけないと思うの！」

労働には適切な対価を！

サービス残業許すべからず！

「たっぷりいただいてますよ、ユールノヴァ公爵家《こうしゃくけ》は吝嗇《けち》じゃありません。閣下はお金をかけるところには、惜《お》しまずかける方です」

「そうなの。それなら良かったわ」

ほっとしたように微笑むエカテリーナに、初めて、ミナは破顔した。

「お嬢様は変です」

「あら、それを言われるのは久しぶりですわね」

「あたしがお嫌《いや》じゃないなら、ずっとお嬢様のお世話をさせていただきますよ」

「ええ、お願いしますわ」

ミナとそんな会話を交《か》わしたおかげで、エカテリーナはノンナとの会話で味わった不愉快《ふゆかい》さをほとんど忘れていたのだが。

エカテリーナの知らないところで、ノンナは盛大に自爆《じばく》していた。


皇都公爵邸、当主の執務室《しつむ》。

執事と行幸当日に向けての打ち合わせをしているアレクセイのもとに、憤怒《ふんぬ》に燃えるノンナが乗り込んできた。そして、エカテリーナへの不満をまくし立てたのだ。

ネオンブルーの瞳《ひとみ》に凍《い》てついた光をたたえてかつての祖母の侍女《じじょ》を見据《みす》え、ひととおり言いたいことを言わせたアレクセイは、息が切れたノンナが口をつぐむと、おもむろに言った。

「エカテリーナが、女主人より偉《えら》いつもりのお前は何者かと尋《たず》ねたか。私が答えてやろう。お前は虫だ。長年虎《とら》の毛皮に棲《す》みついてぬくぬくと暮らし、その威《い》を借りて己《おのれ》を虎と思い込んだ、愚《おろ》かな一匹《いっぴき》の虫にすぎない」

あまりに苛烈《かれつ》な言葉に愕然《がくぜん》とするノンナに、アレクセイはさらに言葉を重ねる。

「私にそれを訴《うった》えて、私があの子をお前の好きにさせるとでも思ったか。祖母亡《な》き後の寄生先としてあの子に取りつき血をすすることを、私が許すと本気で思ったのか。祖母の近くに仕えた者なら、私がたびたび祖母の浪費《ろうひ》を諌《いさ》めていたことを知っているはずだ。祖母がその度《たび》に激《げき》怒《ど》し、私を罵《ば》倒《とう》していたことも」

「か、閣下……」

ノンナがみるみる青ざめた。

「何と呼んだ？　いろいろあったな。冷血。不敬、不孝、貴族の誇《ほこ》りを理解できない而汚し《ひよこ》……最後はいつも、目の前から消えろと。私の心優しい妹を、あの祖母のように作り変えることなど、私が望むとでも思ったのか。愚か者」

吐《は》き捨てて、アレクセイは執事に目をやった。

「グラハム。この時期にすまない」

「それほど問題ではございません。証拠《しょうこ》は揃《そろ》っております」

アレクセイはうなずく。

そして、ノンナに言った。

「ノンナ・ザレスと言ったか。お前を解雇《かいこ》する。祖母のもとに出入りしていた業者への支払《しはら》いを、横領していたことはわかっている。解雇を拒《こば》むなら、皇都警護隊へ引き渡《わた》す。ただ出て行くか、牢獄《ろうごく》へ入るか。選ぶがいい」


週末の二日間とも公爵邸《こうしやくてい》で用事があるので、兄妹《きようだい》は寮《りよう》には帰らず一泊《いつぱく》することにしている。

一緒《いつしよ》に夕食をとる時に、アレクセイはノンナを解雇したことをエカテリーナに伝えた。詳《くわ》しい会話は省《はぶ》いて、簡潔に。

「お前が私に何も言わなかったのは、今が慌《あわ》ただしい状態だからと気を遣《つか》ったのだろう。お前の慈悲《じひ》を無にしたようですまない」

「すまないなどと……お兄様こそお気遣いくださって、心苦しい思いでございますわ。お兄様はわたくしをユールノヴァの女主人と仰《おお》せくださいました。使用人の監督《かんとく》といった奥向きのことは女主人の務めのはずですのに、わたくしが未熟なばかりにお兄様にご負担をおかけして、申し訳ございません」

考えてみれば、お兄様のお仕事を手伝うとか言う前に、公爵夫人の役割代行はすぐにもやるべきことだったよね……。

クソババアのドレスを確認したり、側仕《そばづか》えの残党に会ったりしたのも、そのへん考えてだったんだけど。

でも、すんませんまだ無理です。女主人の役割って、なんとなく知ってはいても、実践《じっせん》とは程《ほど》遠いレベルです。

学園の勉強は本を読むとかで挽回《ばんかい》できるけど、家政みたいな表舞台《おもてぶたい》に出てこないことはねぇ……前世でもなかなか史料が残ってない分野のはずで、あまりに知識がない。四百年も続く家《いえ》柄《がら》だと、独自のしきたりとかありそうだしなー。

アレクセイは微笑《ほほえ》んだ。

「責任感の強いお前らしい言葉だが、気にする必要などないんだよ。皇都邸の奥向きのことは、グラハムが取り仕切ってくれている。お祖父《じい》様の頃《ころ》から執事《しつじ》を務める、皇都邸の生き字引だ。私も任せているだけだ」

アレクセイの後ろに控《ひか》える、グラハムが一礼する。祖父より少し若い六十歳前後か、銀髪《ぎんぱつ》が美しい。いかにも執事らしい、渋《しぶ》くて端整《たんせい》な容姿の持ち主だ。

「だがお前が望むなら、女主人にふさわしい権限を与《あた》えよう」

「いいえ、お兄様が信頼《しんらい》するグラハムには、今のまま皇都邸をしっかりと掌握《しょうあく》してもらいとうございますわ。ただ、わたくしも奥向きのことを知っていければと思いますの。ねえグラハム、わたくしに少しずつ、教えてくださらない？」

「もちろん、お望みのままに」

微笑みかけるエカテリーナに、グラハムはうやうやしく頭を下げる。

「むしろ、お嬢様《じょうさま》には正しく女主人として、わたくしどもを統括《とうかつ》していただければ幸いにございます。今までのありようは、やむを得ずそうなっていただけのものでございますので。お優《やさ》しいお嬢様が閣下をお支えくださり、ご兄妹がお睦《むつ》まじく公爵家を支えていかれるのは、素晴《すば》らしいことと存じます」

「……そうか。つい頼《たよ》ってしまっていたが、そろそろグラハムの負担を減らしていかねばならないな」

う、そうか。前世ほど平均寿命《じゅみょう》が長くないはずのこの世界だと、グラハムさんてそろそろ引退……？

「エカテリーナ、もし本当に望んでくれるならだが……これから週末は私と一緒にここへ戻《もど》って、グラハムと一緒に奥を監督してくれるか？　行幸が終わって、落ち着いてからのことになるが。ああ、試験もあるな。それも済んでからでなければ」

「さようでございますわね……」

くっ……。

そう！　昨日発表された、入学して初めての試験日程。行幸の翌日から開始でしたー！

……捨てます。お兄様、ごめんなさい。

「もちろん、そうさせていただきますわ。お兄様のお役に立てるなら、わたくし幸せでございますもの」

血涙《けつるい》出そうな内心の嵐《あらし》をおくびにも出さず、エカテリーナは令嬢《れいじょう》らしく微笑む。

「ありがとう。……エカテリーナ、お前のように優しい妹がいてくれて、私がどれほど幸せか伝えるすべが欲しいと思うよ」

「まあお兄様！　なんて嬉《うれ》しいお言葉でしょう。わたくしの方こそ、お兄様とご一緒できてどんなに幸せか、お知りになったらきっと驚《おどろ》かれましてよ」

なにしろ前世から推《お》しでしたので！

でも妹の中身がアラサーとか社畜《しゃちく》とか、絶対知られたくないですけどね。優しいとか賢《かしこ》いとか言ってもらうと、詐欺《さぎ》でスイマセンって心が痛みますわー。

私は優しくないですよ。今だって、解雇されたノンナに頼れる先がないであろうことを理解してるけど、フォローしようとは思わなかったりとか。

ノンナという名前は「九番目」って意味。公爵家で侍女という高級使用人をやっていたということは、ノンナは貴族の生まれのはず。だけど、名前の通り九番目の子供として生まれたのなら、生まれた時からなんの期待も希望もない人生だったことだろう。

この社会、結婚《けっこん》には持参金が必要とされる。おそらく、兄の婚礼《こんれい》や姉の持参金で家の資産を使い切っていて、九番目の子供の分まで用意することはできない。実際ノンナは、結婚しないままクソババアに仕えてきたらしい。それでいて、一生実家で面倒《めんどう》を見てもらえるわけでもない。

実家にはとっくに居場所はなく、クソババアの侍女《じじょ》になれたのは人生最大の幸運で、絶対、何があろうとも、機嫌《きげん》を損《そこ》ねて放《ほう》り出されるわけにはいかなかっただろう。

しがみついていた主人が亡《な》くなって、側仕えが順次解雇されていく中、今度は私を利用して旨《うま》い汁《しる》を吸い続けようとしたわけだけど。長年染《し》み付いた流儀《りゅうぎ》で、マウンティングなんぞかましてきたのが運《うん》の尽《つ》きだ。

長年幽閉《ゆうへい》されてきた世間知らずの令嬢エカテリーナだったら、もしかしたらあの狂気《きょうき》に呑《の》まれてしまったかもしれないけど（ゲームのエカテリーナってもしや……？）、こちとらアラサー社会人が混ざってるからね。

今までひたすらクソババアの言う通りに崇《あが》め奉《たてまつ》り、不正してお金を貯《た》め込んで、そうやって生きるしかなかったのかな。そんな想像をしてしまうと、ノンナを哀《あわ》れにも思う。

でも、結果は本人が受け止めるしかないこと。退職金とか次の職を得るための紹介状《しょうかい》とか一切《いっさい》渡されなかったはずだけど、貯め込んだお金を取り上げられることもなかったようだし、それで残りの人生をやっていってほしい。

……雇用《こよう》する側も悩《なや》ましいもんだと、初めて実感します。

お兄様って生まれながらに雇用者側で生きてきて、その責任を担《にな》ってきたんだなあ。あらためて尊敬しますよ。

公爵夫人代行としてこのでっかい邸《やしき》を統括（庭師さんとか含《ふく》めると使用人の数って三桁《けた》近いんじゃ……？）するとか、皇室御一家《ごいっか》をおもてなしとか、前世で庶民《しょみん》だった身には凄《すご》い話すぎて、未《いま》だにアメリカザリガニのように腰《こし》が引けちゃってしょうがないんだけど。

お兄様のためなら頑張《がんば》ります！

そしてエカテリーナは翌日まる一日、マナーの教師と共に皇族に対する行儀作法《ぎょうぎ》の特訓に励《はげ》んだのであった。

日々は飛ぶように過ぎて、今日はもう行幸の前日。

晴れの日を目前に控えて磨《みが》き上げられた皇都公爵邸で、ユールノヴァ騎士団《きしだん》の騎士たちが、騎士団のあるじアレクセイ、騎士団の貴婦人エカテリーナに忠誠を捧《ささ》げる、儀礼《ぎれい》の日だ。

庭園の広大な薔薇《ばら》園は、ほぼ満開。色とりどりのあでやかな薔薇の花々が放つ、かぐわしい芳香《ほうこう》が大気を満たしている。

庭師たちは、最後の調整に忙《いそが》しい。盛りを過ぎた株を邸の裏手にある別の薔薇園の株(開花時期を調整するため、皇都より涼《すず》しい公爵領の本邸《ほんてい》からわざわざ運んできたもの)と植《う》え替《か》えたり、逆に開花が遅《おく》れている株を温室の株と植え替えたり、最後の剪定《せんてい》をしたり、雑草を抜《ぬ》いて地面を掃《は》き清めたり——すべてを今日中に終わらせるべく、やることは山積みだ。

そんな忙しい庭師の一人が、お邸のバルコニーに置かれた巨大《きょだい》な植木鉢《うえきばち》に植えられた、真紅《しんく》の薔薇の手入れをしていた。重たげな大輪の花の向きを整え、変色した葉があれば取り除く。薔薇一本の全体を姿よく見せて、庭園の花波とは違《ちが》った美しさを作り上げてゆく。

「まあ、素敵《すてき》。きれいにしてくださってありがとう」

「へえ……」

メイドだと思って振《ふ》り向いた庭師は、ポカンと口を開けた。

まるで大輪の青薔薇。

見たこともないほど美しい女性だった。

つややかな藍色《あいいろ》の髪《かみ》を結《ゆ》い上げていて、白いうなじがなまめかしい。大きな瞳《ひとみ》は紫《むらさき》を帯びた青。長いまつ毛も藍色なのだろう。微笑むふっくらした唇《くちびる》が、なんとも色っぽい。髪飾《かみかざ》りと耳元に、豪華《ごうか》な宝石をつけている。折れそうにほっそりしているのに、豊かな部分は目のやり場に困るほどだ。

そして彼女がまとうドレスの色彩《しきさい》——なんという青だろう。藍色よりもわずかに青い、太陽が去って星が輝《かがや》き始める空の、深く深い宵闇《よいやみ》の青。この女性のために作られた青なんだろうか。なんてよく似合っているんだろう。

　ああ、こんな色の薔薇を咲《さ》かせたい。薔薇に関《かか》わる誰《だれ》もが夢見る青薔薇の色は、こうでなければ。

「驚かせてしまったかしら。お忙しいところにごめんなさいましね」

　そう言われて、我に返った庭師は慌《あわ》てふためいた。

「申し訳ありません！　あっしみたいなのがお目を汚《よご》しちまって……！」

　ユールノヴァ公爵家は、大奥様がおっかなくて理不尽《りふじん》なことで有名だ。下々の分際で高貴な方の目を汚すなとか言われて、大奥様が庭へ出る時は、どんなに忙しくても庭師は全員どこかへ隠《かく》れなければならない。

　だが、どう見ても高貴な貴婦人に違いない目の前の女性は、微笑《ほほえ》んだ。

「申し訳ないのはこちらの方でしてよ、どうぞお続けになって。お時間をとらせてしまったこと、お許しになってね。ごきげんよう」

　背を向けて、青薔薇の貴婦人は去ってゆく。

　白日夢を見たようで、庭師はため息をついた。

「お待たせいたしました」

ドレスの裳裾《もすそ》を引いて、しずしずと二階から階段を降りていくと、階下で何か話していたアレクセイと騎士団長ローゼンがこちらを見上げ、ぴたりと話を止めた。

二人の視線に感嘆《かんたん》がこもっている気がして、エカテリーナはほっとする。カミラさんとずいぶん悩んだ甲斐《かい》があったかな？

でも騎士の礼服をさらに華麗《かれい》にした騎士団のあるじの礼装を、さらりと着こなしているお兄様こそ素敵ですよ。

結局、ドレスは二着作った。打ち合わせの翌週にカミラが持ってきた仮縫《かりぬ》いが二パターンあり、行幸の前日にも騎士団との行事ができたことだし、前日と同じドレスで皇室御一家をお迎《むか》えするのはまずいだろうということで、両方注文することになったのだ。カミラがそれを狙《ねら》っていたのは間違《まちが》いない。なかなか商売上手だ。

どちらも形はスタンダードなAライン。けれどスカートの広がりは控《ひか》えめにし、代わりに後ろへ少し裳裾を引いた。『天上の青』の美しさを活《い》かし、メインは瑠璃色《るりいろ》。そこに春空色と夏の天頂色を挿《さ》し色として一部だけに使った。二着の違いはどこに挿し色を使うかと、少し飾りにつけたレースが白か黒かだけ。

今日着ているドレスは白いレースの方で、スカートは瑠璃色の下に夏の天頂色を覗《のぞ》かせ、袖《そで》と襟《えり》に春空色を使っている。手には白い手袋《てぶくろ》。胸元《むなもと》に大きな宝石のブローチ。

宝石は、前世には存在しなかったもの。虹石《こうせき》というそうだ。瑠璃色の生地《きじ》の上で、きらめく光を放っている――本当に光っているのよこれ！　光るというか、透明《とうめい》な石の中に青い光が閉じ込められて渦巻《うずま》いている、という感じ。その様子が、石の中に青い光の薔薇が封《ふう》じ込められているかのよう。

虹石自体はさほど珍《めずら》しいものではなく、全体がぼーっと光るものは灯《あか》りとして使われたりする。けれど、こんなに綺麗《きれい》なものはとても貴重で、れっきとした宝石として高値がつく。特にこの石は、同等のものが見つかることは二度とないであろうという、アーロンさんの激推《げきお》しだった。博物館に収蔵されるクラスですね。

結い上げた髪には金細工に大粒《おおつぶ》のサファイアがはめ込まれた髪飾り、イヤリングは髪飾りと揃《そろ》いのサファイア。重いほど大粒。ユールノヴァ家に伝わるもので、前世だといくらの値段か、これこそ考えると怖《こわ》い。たぶん、億でもおかしくない。ひええ。

ドレスのデザインはシンプルだけど、さすがこのクラスの宝石は存在感がすごい。ゴージャス。

……ただ、シンプルで上品なドレスなんだけど、それだけに体形がはっきり出ちゃうのが誤算というか。悪役令嬢《れいじょう》のけしからんスタイルでこういうの着るとねえ……胸元とか一切《いっさい》露出《ろしゅつ》せず包《つつ》み隠してあるのに、それがかえって身体《からだ》にぴったりしたライダースーツを着た、某大泥棒《ぼうおおどろぼう》アニメのセクシーキャラ的な、ものすごいセクシーさを醸《かも》し出してしまった。ほんっと十五歳にして可憐《かれん》さとは縁《えん》がない。

カミラさんはむしろ計算通りらしく、『皇都の殿方《とのがた》の視線はお嬢様《じょうさま》に釘《くぎ》付けですわ！』とか大喜びしてたけど。いや求めてないからね？

階段を下りたエカテリーナの手を取って、アレクセイはしみじみと言った。

「美しい。夜の女王のようだ」

夜の女王とは、宵闇の精霊《せいれい》とも呼ばれる夜の女神《めがみ》のことだ。前世のヨーロッパと違い多神教の皇国で、主要な神というわけではないが、最も美しい女神の一柱とされる。

「百万の星の光も、満月の光も、お前の美しさに敵《かな》わない。『天上の青』と誰が名付けたのかを私は知らないが、お前が天に昇《のぼ》ってしまいそうで恐《おそ》ろしいほどだよ。どうか何処《どこ》にも行かないで、私の側《そば》にいてほしい」

そう言って、アレクセイは妹の指先に口付けた。

「お兄様ったら」

さすがお兄様。妹を美化するシスコンフィルターが分厚いですね！

そして貴族男子の美辞麗句《びじれいく》スキルすげえ！

「お嬢様、まことにお美しい。皇国で最も美しい貴婦人を戴《いただ》くことができるとは、ユールノヴァ騎士団は幸福にございます」

「まあ、お上手。恐れ入りますわ、騎士団長《きしだんちょう》ローゼン卿《きょう》」

騎士道《きしどう》精神には、貴婦人への美辞麗句も盛り込まれてるもんな。美辞麗句を本気で言えるのも、騎士のたしなみなんですね。ごっつぁんです。


アレクセイにエスコートしてもらって、ローゼンの先導で移動した先は、小部屋だった。優美な装飾《そうしょく》が施《ほどこ》され、壁紙《かべがみ》も家具の布地も深緑で統一された、歓談《かんだん》のための部屋。

そこに、エカテリーナの見知った人物が待っていた。

「お嬢様」

「マルドゥ先生！」

魔法《まほう》学園へ入学する前、幽閉《ゆうへい》されて育ったために貴族令嬢らしい教育をまったく受けてこなかったことに気付いて、あわてて勉強に励《はげ》んだエカテリーナの、家庭教師をつとめてくれたアナトリー・マルドゥ。入学後もたびたび手紙でやり取りしていたとはいえ、会うのは一カ月半ぶりだろうか。マルドゥは、ユールノヴァ騎士団員の礼服を身に付け、剣《けん》を手にした姿で立っている。

そして、アレクセイとエカテリーナに深々と一礼した。

「お陰様《かげさま》をもちまして、栄光あるユールノヴァ騎士団の一員に加えていただきました。この大恩を決して忘れず、全身全霊《ぜんれい》をもって務めを果たす所存にございます」

その姿が様になっていて、エカテリーナは感心する。眼鏡と穏《おだ》やかな口調は文官向きに思えていたが、大柄《おおがら》でたくましい体格は騎士として充分《じゅうぶん》通用しそうだ。正規雇用《こよう》とはいえ、家庭教師から騎士団員は畑違《ちが》いすぎる仕事ではないかと心配していたのだが、これは大丈夫《だいじょうぶ》かもしれない。

「まあ先生、よくお似合いですわ。わたくしの方こそ、先生の学識に助けていただきましたのよ。わたくしどもの騎士団に加わっていただくことになり、嬉《うれ》しい限りですわ」

「ああ、エカテリーナの魔獣《まじゅう》との戦いぶりは見事だった。その見識を活かし、騎士団の戦術向上に尽《つ》くしてくれるよう期待する」

「恐れ入ります。お嬢様のご活躍《かつやく》は、ご自身の素晴《すば》らしい魔力《まりょく》とご熱心な学ぶ姿勢があればこそでございますが、大恩あるお嬢様のため、そして騎士団の敬愛するあるじアレクセイ閣下のため、微力《びりょく》を尽くさせていただきます」

マルドゥ先生、馴染《なじ》むの早いというか……騎士団員らしい話し方とか板についてすごいんですが。家庭教師になる前の経歴が気になってきます。

と思ったら、アレクセイが言った。

「エカテリーナ、知っていたか？　マルドゥはユールマグナの分家に生まれ、研究者としてアストラ研究機関に勤めていたそうだ。マグナは尚武《しょうぶ》の気風が徹底《てってい》しているから、研究機関の学者さえ鍛錬《たんれん》させる。武芸の腕《うで》も持ち合わせた、騎士団の参謀《さんぼう》にはうってつけの人材だ」

「まあ、そうでしたの！」

「お恥《は》ずかしいことですが、辛抱《しんぼう》が足りず飛び出してしまいまして。食いつめた身を拾っていただいた上、ユールノヴァ家の文献《ぶんけん》を調査し実際の魔獣対策に役立てるという、私にとって夢のような役目をいただきました。すべてお嬢様のおかげでございます。妻子も深く感謝しております」

フローラちゃんの為《ため》に聖の魔力について調べるのも、マルドゥ先生がやってくれるそうだ。私は先生に、魔獣との戦い方を根掘《ねほ》り葉掘《はほ》り聞いただけなんだけど。なんか良い方へ転がって、ほんと良かったです。

マルドゥを伴《ともな》い、大広間に移動する。天井《てんじょう》からは巨大《きょだい》なシャンデリアが下がり、壁面《へきめん》には建国期のエピソードを描《えが》いた巨大な絵画が飾られた、きらびやかな大空間だ。そこにユールノヴァ家の紋章《もんしょう》を描いた旗と、ユールノヴァ騎士団の団旗が飾られている。

そして、皇都常駐隊《じょうちゅうたい》に加えて明日の警護のために公爵領《こうしゃく》から増員された騎士団員が、大広間にずらりと整列していた。

総勢、百名ほど。礼服に身を包み、剣を携《たずさ》えた騎士が、威儀《いぎ》を正して整然と並ぶ光景は壮観《そうかん》だ。

ユールノヴァ騎士団の総勢は、千人くらいだそうだ。

かつてはユールノヴァ家の私兵として、他国や他家との戦闘《せんとう》に明け暮れていた。けれど皇国も四百年続いた現在、国内も他国との関係も安定した状態が続いている。

そんな今、騎士団の主な役割は魔獣の掃討《そうとう》。ユールノヴァ領は強力な魔獣が生息しているわけで、それと戦うユールノヴァ騎士団は精強なることで名高い。あとは、災害発生時の人命救助。

なんか、前世で言えば、特撮《とくさつ》もののなんちゃら警備隊（魔獣を怪獣《かいじゅう》と見立てるとね）と自衛隊のハイブリッド？

毎年、欠員補充《ほじゅう》のための新人選抜《せんばつ》を四月中に行い、選ばれた新人騎士が行幸前日に忠誠を誓《ちか》うのが、ユールノヴァ騎士団の定例スケジュールだそうだが、強くてかっこいい正義の味方な騎士団はユールノヴァ領では憧《あこが》れの的で、毎年志願者が殺到《さっとう》するそうな。

でも他領では、騎士団に人気がない場合もあるそうだ。領民を虐《しいた》げる領主の手先になっていたり、金食い虫の役立たずだったり、いろいろあるらしい。ちなみに総勢一万人くらいの超《ちょう》金食い虫、重税にあえぐ領民が反乱（てか一揆《いっき》？）を起こすと力ずくで押し潰《つぶ》すのが主な役割ということで庶民《しょみん》から憎《にく》まれているのは、ユールマグナ騎士団だそうです。


「ユールノヴァ公爵アレクセイ閣下、公妹《こうまい》エカテリーナ様、ご来臨である！」

朗々と響《ひび》く声でローゼンが言うと、騎士たちは音を立てて踵《かかと》を打ち合わせ、胸に拳《こぶし》を当てて、こうべを垂れた。

ローゼンの先導で、アレクセイとエカテリーナは騎士たちの前を進み、一段高く設《しつら》えられた段上から彼らと向かい合う。

「面《おもて》を上げよ」

ローゼンの声に顔を上げた騎士たちが、アレクセイとエカテリーナを見上げた。

美貌《びぼう》の兄妹《きょうだい》を仰《あお》ぎ見るその表情は、感慨《かんがい》と歓喜《かんき》に満ちている。

まずアレクセイ。

祖父セルゲイが亡《な》くなった時、アレクセイは十歳。初めて魔獣掃討の指揮を執《と》ったのは十三歳の時。その初陣《ういじん》でアレクセイは、自ら魔獣を仕留める魔力と武勇、常に冷静で的確な判断を下す知力で騎士たちを心服させた。

祖父亡き後、実質的に騎士団のあるじであったアレクセイだが、形式上のあるじはあくまで父アレクサンドルだった。昨年までこの場で騎士たちからの忠誠の誓いを受けていたのは父であり、騎士団の貴婦人は祖母アレクサンドラであった。

まだ幼さの残る子供に危険な任務を任せ、安全で華《はな》やかな場でのみ騎士団のあるじとしてふるまうアレクサンドルを、騎士たちが支持するはずもない。

幼い頃《ころ》から苦楽を共にしてきたアレクセイが、名実共に騎士団のあるじとなって、新たな騎士の忠誠を受ける。

騎士たちは皆《みな》、感慨無量《かんがいむりょう》であった。

続いて、エカテリーナである。

セルゲイが亡くなりアレクサンドルが爵位《しゃくい》を継《つ》いだ時点で、本来なら騎士団の貴婦人は、アレクサンドルの妻アナスタシアが務めるはずであった。しかしアナスタシアは正当な栄誉《えいよ》を得ることなく、幽閉された末に非業《ひごう》の死を遂《と》げた。

エカテリーナは、その母と共に祖母から非道な扱《あつか》いを受けていた、悲劇の令嬢《れいじょう》、というのが騎士たちのイメージだ。

さらに、直接エカテリーナと接したマルドゥの話がすっかり広まっている。兄アレクセイと同じく優秀《ゆうしゅう》、それでいて謙虚《けんきょ》で優《やさ》しく、家庭教師の幼い娘《むすめ》にいつも菓子《かし》を贈《おく》ってくれる、女性らしい心配りの持ち主。しかし学園に魔獣が現れた時には、クラスメイトを逃《に》がして自ら戦うという凜然《りんぜん》たる勇気を示した。

そして今日、騎士たちの前に、初めて現れたエカテリーナ。あでやかに装った彼女は、十五歳とは思えないほど大人びて、女神《めがみ》のように美しい。

騎士団の貴婦人として、これほどふさわしい令嬢がいるであろうか。騎士たちの胸は、感動でいっぱいであった。

エカテリーナがそんな騎士たちの内心を知ったら、『すいません！　詐欺《さぎ》ですいません！』と頭を抱《かか》えて叫《さけ》ぶだろう。

今日エカテリーナに忠誠を誓い、剣《けん》を捧《ささ》げるのは、騎士団長《きしだんちょう》ローゼンと副騎士団長、皇都に来ている隊長二名の計四名。

そしてマルドゥを含《ふく》め十名が、新たに騎士団に加わるということでアレクセイに忠誠を誓い剣を捧げたのち、エカテリーナに剣を捧げる。

騎士が剣を捧げる際、受ける側は捧げられた剣を受け取り、その剣で騎士の肩《かた》を打つことになっている。

この作法には騎士団によって微妙《びみょう》な違いがあり、軽く打つ、ただ肩に当てる、アザができるほどぶん殴《なぐ》る、といったそれぞれの特色があるそうだ。

ユールノヴァは軽く打つ派。古くから続く騎士団ほどぶん殴る系が多く（闘魂注入《とうこん》かよ）、ユールマグナもユールセインも豪快《ごうかい》にぶん殴るらしいけど、ユールノヴァは最初の貴婦人である開祖セルゲイの正妻クリスチーナが小柄《こがら》な優しい女性だったそうで、闘魂注入は向いていなかったようだ。

セルゲイは愛妻家だったようで、クリスチーナのやり方に文句をつけた家臣に、じゃあ自分がぶん殴る代わりにぶった切ってやろう、と言って剣を抜《ぬ》いたという、ワイルドな愛妻エピソードが残っている。肖像画《しょうぞうが》の間にあったツーショットの肖像画を見ると、セルゲイは長身で、小柄なクリスチーナとはかなりの身長差カップルだった。

なお皇室の騎士団である皇国騎士団は、肩に当てるだけ派。これは、皇国最大規模で人数が多いため、いつしか簡素化された結果らしい。

ありがとうクリスチーナさん。十四人もの人様の肩をアザができるほどぶん殴るとか、私には無理です。剣って、金属の棒ですからね。うっかり強く叩《たた》いたら骨が折れませんか？と思ったら闘魂注入で骨折は、騎士団あるあるだそうで……。

うちの子でほんとに良かった。

最初に騎士団長ローゼンが、己《おのれ》の剣を鞘《さや》から抜き放つ。ひざまずくと、剣を捧げ持ちエカテリーナへ差し出した。

　皇国の騎士が使用する剣はサーベル型で、日本刀のように軽く湾曲《わんきょく》している。そして、先端《せんたん》から三分の一ほどが両刃《りょうば》になっている。斬《き》る、突《つ》く、どちらにも使える機能的で美しい剣だ。

「ユールノヴァ騎士団長エフレム・ローゼン。騎士の魂《たましい》、我が剣を、愛と忠誠を込めて我が騎士団の高貴なる貴婦人、エカテリーナ様に捧げ奉《たてまつ》る」

　忠誠の誓言《せいげん》を述べるローゼンからエカテリーナは剣を受け取り、彼の肩に当てる。そして、誓言を発した。

「エカテリーナは、喜びをもって騎士団長ローゼンの忠誠を受け取ります。今までの働きに感謝し、これからの精励《せいれい》に期待します」

　そして、剣の平でそっと肩を打つと、その剣を捧げ持ったのち、ローゼンの手に返した。

「我が貴婦人」

　再び剣を捧げ持ち、ローゼンが深くこうべを垂れる。

　……最後の台詞《せりふ》って儀礼《ぎれい》に含まれてたっけ？

　それにしても、ローゼンさんみたいな渋《しぶ》いおじさまにひざまずいてもらうなんて、気が引けるわ絵になるわで、ドッキドキですわ。

　歴女的に超テンション上がる、素敵《すてき》なイベント。なんですが、がっちがちに緊張《きんちょう》するんで、できたら自分が剣を捧げられる立場じゃなく、すみっこで見学している人になりたい気が早くもしております。

でも、お兄様の妹なんだからそうはいかない。

あと十三人だー。頑張《がんば》れ自分！


そんな残念なエカテリーナの内心をよそに忠誠の誓いは滞《とどこお》りなく進み、新たに騎士団に加わった十名も正式にユールノヴァ騎士団の一員となった。

そして忠誠の儀式《ぎしき》が終わり、アレクセイとエカテリーナが退出して騎士団だけになった場で、新入の団員たちは先輩《せんぱい》たちに歓迎《かんげい》されつつ、あのお二人に剣を捧げることができて羨《うらや》ましいと口々に言われたのだった。


「疲《つか》れただろう、エカテリーナ。明日《あした》に備えて、今日はもう部屋で休んでいなさい」

大広間を出てすぐアレクセイに言われ、エカテリーナは首を振《ふ》った。

「いいえ、お兄様。わたくしは大丈夫《だいじょうぶ》ですわ……ただ」

「ただ？」

「思い知りましたの。わたくし――非力ですわっ……」

剣が重かったあ！

いや、重いのは当然だと思う。刃渡《はわた》り八十から九十センチの鋼鉄の塊《かたまり》だもの。

でもショックを受けちゃったのは、つい前世の感覚で剣を持とうとして、想定以上の重さに愕然《がくぜん》としたから。

前世の私なら、もうちょっと楽に持てたと思う。いや前世で剣を持ったことはなかったけど、腕力《わんりょく》はもっとあったはずだから。腕力だけじゃなく、体力だって前世の方があった。中高の部活が合唱部だったんで、体力つけなきゃならなかったのよ。大会前は走り込みとかやったもんです。

……合唱部とか吹奏楽部《すいそうがく》あたりって、文化部扱いが納得《なっとく》いかない面があるな、うん。

まあ、なまじ体力があったせいで入社以来のブラック労働を耐《た》え抜いて、抜けられなくなって過労死したわけだけど。

「それは……当然だな。ユールノヴァの娘たるもの、本来なら重いものなど持つべきではないんだが……無理をさせてすまない」

「すまないなどと。わたくしはただ、騎士団の貴婦人として、いま少し心身を整えたいと思うだけですの」

思えば今生、体力も腕力も付きようがない人生なんだよね。幽閉《ゆうへい》されていた頃《ころ》は外出することすらできなかったし、その状態を脱《だっ》しても自分で引きこもり、前世の記憶《きおく》を思い出した後も勉強ばっかり……。

も、もうちょっとなんとかした方がいいよね。来年からもこのイベントあるんだし。

「お兄様、わたくし、何か身体《からだ》を動かすことを始めてみとうございますの。ユールノヴァの娘にふさわしいとお考えいただけることのみをいたしますと、お約束いたしますわ。お許しいただけまして？」

……こないだ、皇后になりませんかとか言われないために、病弱設定を活用することにした記憶はあるんですが。

いや、設定ならいいけど、本当に病弱はあかんやろ！　こんな身では、しょっちゅう風邪《かぜ》とか引いて、お兄様に心配やら迷惑《めいわく》やらをかけてしまいかねん。お兄様の中でだけ病弱、実は健康優良児。これがベスト！

うん。毎週この公爵邸《こうしやくてい》に通うことになったわけだし、乗馬とか声楽とか、貴族令嬢《れいじよう》としておかしくない範囲《はんい》で体力がつく習い事を始めたい。

「無理はしないと約束してくれるなら、もちろんかまわない。とても良いことだと思うよ」

エカテリーナの手を取って、アレクセイは微笑《ほほえ》む。日々鍛《きた》えている彼の手の硬《かた》さに、エカテリーナはあらためて気付く。

「お兄様はお忙《いそが》しいのに、日々鍛えていらしてご立派ですわ」

「貴族の魔力《まりよく》は、民衆を魔獣《まじゆう》などから守るためにあるとされているからね。それに今は平和といっても、いつでも武力を提供できるよう鍛錬《たんれん》するのは我々の義務だ。……ああそうだ、お前に見せたいものがある。本当に疲れていないなら、少し一緒《いっしょ》に来てくれるか」

そう言ってアレクセイが妹を連れて行ったのは、数多くの武具が収められた広い部屋だった。武器を手にしてすれ違《ちが》うことができるよう充分《じゅうぶん》な間隔《かんかく》が取られた中に、甲冑《かっちゅう》が並び、槍《やり》や戦斧《せんぷ》が整然と収納用らしき台に立てかけられている。そして壁面《へきめん》には、一面に剣が掛《か》けられていた。

その中央に飾《かざ》られた剣を、アレクセイは手に取った。柄頭《つかがしら》に貴石がはめ込まれ、鞘にも美しい細工が施《ほどこ》された、見事な拵《こしら》えのひと振《ふ》りだ。

「我が家に代々伝わる、セルゲイ公の愛剣《あいけん》だ」

おおう……初代の剣。それはつまり。

伝家の宝刀！

前世のニュースで伝家の宝刀ってたまに聞いたけど、『総理大臣の伝家の宝刀、解散総選挙』みたいな喩《たと》えでだったたな。しかしこれは元祖型、正真正銘《しょうしんしょうめい》の伝家の宝刀か。元祖型ツンデレのお兄様が元祖型伝家の宝刀を保有してるのか。今さらながら、建国以来四百年続く公爵家《こうしゃくけ》すげえ。

と、アレクセイがその剣を鞘ごとエカテリーナに差し出した。

「持ってごらん」

「はい」

よしっ、と気合いを入れて受け取って——。

エカテリーナは目を見開いた。

「まあ、お兄様、軽いですわ！」

なにこれ、さっき持った騎士《きし》たちの剣よりはるかに軽い。まさか竹光《たけみつ》？　と疑ったのを見透《みす》かしたように、アレクセイはエカテリーナの手から剣を受け取ると、すらりと鞘から刃《は》を抜き放った。

四百年の時を経て、今も白々と輝《かがや》く刀身が露《あら》わになる。先ほどの騎士たちの剣より、むしろ大《おお》振りで重たげに見えるほどだ。

「この剣は、ユールノヴァ家の血を引く者が持つ時は軽く、血族以外の者が持つ時は普通《ふつう》の剣より重く感じると言われている」

「すごいわ！　そんな技術がありますの⁉」

「実際には、ある程度以上の魔力を持つ者を感知すると軽量化が起動するのではないかな。柄《え》に虹石《こうせき》がはめ込んであるだろう、虹石は自然界の魔力が凝縮《ぎょうしゅく》した鉱物という説がある。その反応が引き金になるのだろう。アストラ帝国《ていこく》では親子関係を判定できたという伝承があるが、剣を持っただけでそれができるとは考えにくい」

「……仰《おお》せの通りと思えますわ」

うーん、ロマン的には残念だけど、お兄様らしい論理的な説得力。いや剣の軽量化なんて、できるだけですごいけど。

それにしてもお兄様、剣を持つ姿も絵になる！　サーベルは日本刀に似た反りのある見た目が美しいのよ。先端《せんたん》三分の一ほどが両刃《りょうば》になっているのも、古いタイプの日本刀にある切っ先諸刃《もろは》のよう。なのに日本刀と違って基本的に片手で扱《あつか》う。お兄様が片手で軽々とサーベルを掲《かか》げる図、なんとも素敵《すてき》だわー。

惚《ほ》れ惚《ぼ》れと見ている妹の視線に気付いて、アレクセイはふっと笑った。数歩エカテリーナから離《はな》れ、剣を構える。

ネオンブルーの瞳《ひとみ》が冴《さ》えた光をたたえて、眼前の空間を見据《みす》えた。

（あ）

エカテリーナは目を見開く。アレクセイが見据える空間に、あの実習場に現れた魔獣が見えた気がして。

ビュオッ！　と剣風を起こして、剣が振り下ろされた。

鋭《するど》いその一閃《いっせん》が、幻影《げんえい》の魔獣の首を討《う》ち落とした。

「まあお兄様、お見事ですわ！」

思わずエカテリーナは拍手《はくしゅ》を贈《おく》る。

「あの魔獣が出現した時、お兄様の手にこの剣があれば、討ち取ることがお出来になりましたのね」

「……よくわかったな。そうだ、今はあの魔獣を想定した」

「やっぱり、お兄様のお側《そば》が一番安心ですわ。わたくし、よく解《わか》りましてよ」

妹の賛辞に、アレクセイは微笑む。

そして、手にした剣に目を落として、呟《つぶや》いた。

「私は騎士団のあるじであって、騎士ではないが……」

つと、アレクセイはエカテリーナの前に片膝《かたひざ》をついた。抜《ぬ》き身の剣を捧《ささ》げ持つ。

「もしもお前の身に危険が迫《せま》ることがあれば、私は公爵の位も指揮官の立場も捨てて、一本の剣としてお前を守るだろう。私は今までもこれからも公爵家のために生きる存在だが、お前だけは、その家さえ捨てられるほど大切だから。我が貴婦人エカテリーナ。私が捧げる剣を受け取ってくれないか」

「お兄様……」

思いがけない言葉に、エカテリーナは目を見開いた。

どうしようお兄様が。

どストライクの超《ちょう》イケメンが私に剣を捧げたいとか言ってます。

死ぬ。これは萌《も》え死ぬ。

推《お》しが私を萌え殺しにきている。

いや問題はそこじゃない。萌えボケるんじゃない自分！

「い、いけませんわ。お兄様はご当主でいらっしゃいます。わたくしは妹として、お兄様にお仕えする立場でございますわ」

「私は不完全な当主だ。側近たちや領民があれほど支えてくれているというのに、お前がいてくれなければ、生きていける気がしない。本当に私を想《おも》ってくれるなら、どうか……この剣を受けてくれ」

せ、切なそうに見上げないでお兄様！　私が萌え即死《そくし》するから！

思い切って、エカテリーナは剣を受け取った。刀身をアレクセイの肩《かた》に当てる。

「わたくしエカテリーナは、愛と忠誠をもってユールノヴァ公爵アレクセイの剣を受け取ります。今までの愛と庇護《ひご》に感謝し、これからも共にあること、支え合うことを望みます」

そっと肩を打つ。

作法通りに家宝の剣を捧げ持つと、エカテリーナはアレクセイの手に剣を返した。

……しかしアレクセイが剣を受け取っても、エカテリーナはまだ剣から手を離さないままでいる。

「お兄様、お立ちになってくださいまし」

悪戯《いたずら》っぽく微笑む妹にうながされてアレクセイが立ち上がると、エカテリーナは兄の手から剣を取り、今度は自分がひざまずいた。

「お兄様、わたくしこのような非力の身でございますけれど、わたくしなりにお兄様をお守りしたいと思っておりますの。ですから、どうかわたくしからお兄様に、剣を捧げさせてくださいまし」

「エカテリーナ……？」

推しから尽《つ》くしてもらえるのも幸せだけど、推しはこっちから尽くすもんでしょ！

私の定義ではそうなんで！

「エカテリーナ、しかし……お前は貴婦人なのだから」

「お兄様も、騎士団のあるじでありながらわたくしに剣を捧げてくださいましたわ。敬愛するお兄様、愛と忠誠を込めて、この剣を捧げます。わたくしの魂《たましい》と思って、受け取ってくださいませんこと？」

兄を見上げて、エカテリーナは微笑《ほほえ》む。

らしくもなく狼狽《うろた》えた様子のアレクセイだったが、意を決したように妹の手から剣を取った。

こうべを垂れたエカテリーナの肩に、剣を当てる。

「ユールノヴァ公爵アレクセイは、我が貴婦人への敬意をもって、最愛の妹エカテリーナの剣を受け取る。エカテリーナの献身《けんしん》に感謝し、その身を永遠に愛し守護することを誓《ちか》う」

剣の平で軽く肩を打つ――はず。

けれどなかなかそれはなく、不思議に思って顔を上げたエカテリーナの頰《ほお》に兄の手が触《ふ》れたと思うと、屈《かが》み込んだアレクセイがこめかみに口付けをした。

「…………」

きゃあああああ。

生きろ！　頑張《がんば》れ！　立ち直れ自分！

とか思っている間に、アレクセイに手を取られてエカテリーナは立ち上がっている。

「お兄様……先ほどのなされようは、お作法と異なりませんこと？」

「すまない。しかし、お前を打つなど私にはできないよ。そんな華奢《きやしや》な肩をこんな武骨なもので打ったら、きっと壊《こわ》れてしまう。そんなことになったら、私の心が砕《くだ》けることだろう」

困り果てたように言われて、魂が抜けそうになる。

片眼鏡のクール系美形のくせにかわいいってちくしょうアルプスの山々に向かって『かわいいじゃねえかチクショー！』ってこだまするほど叫《さけ》びたい！　なぜアルプスなのかは知らん！

何言ってんだ自分！

「……」

手振《てぶ》りで頭を下げてくれるよう頼《たの》むと、アレクセイはいつかのように髪《かみ》をくしゃくしゃにしようとしていると思ったらしく、苦笑《くしよう》して頭を下げる。

その肩に手を置いて、エカテリーナはアレクセイのこめかみに口付けた。

きゃーやっちゃった！

なんて内心をおくびにも出さず、エカテリーナは悠然《ゆうぜん》と微笑む。

「肩を打つのは、誓いを深く心に刻んで忘れぬようにするためと聞きましたわ。それでしたら、こちらの方がもっと忘れずにいられそうでしてよ。お兄様がお創《つく》りになった、ユールノヴァ公《こう》爵家《しゃくけ》のお作法ですわね」

「お前が気に入ってくれたなら、我ながら良いものを創ったようだ」

応《こた》えて、アレクセイは破顔する。

「貴婦人が騎士団《きしだん》のあるじに剣《けん》を捧げるなど、前代未聞《ぜんだいみもん》だ。だが、いつも与《あた》えられるより与えようとするお前の優《やさ》しさこそ、本当に貴く気高い。

エカテリーナ、お前こそが、最高の貴婦人だよ」

第二章　行幸

五月の空は見事に青く晴れ渡《わた》っていた。

ユールノヴァ公爵邸《こうしゃくてい》の薔薇《ばら》園は完璧《かんぺき》に整えられ、落ち葉ひとつ雑草一本なく、色とりどりの薔薇の花々はまさに見頃《みごろ》だ。微風《びふう》が吹き渡ると薔薇の芳香《ほうこう》が香《かお》り立ち、美々しい礼服に身を包んだ警備の騎士の傍《かたわ》らで、公爵家の紋章《もんしょう》が染め抜かれた旗がそよぐ。磨《みが》き上げられた噴水《ふんすい》から噴《ふ》き上がる水がきらきらと輝《かがや》き、小さな虹《にじ》がかかっていた。

エカテリーナはアレクセイの傍らで、皇室御一家《ごいっか》の馬車が到着《とうちゃく》するのを待っている。皇都公爵邸の正面玄関《げんかん》前、馬車が数台並んで停《と》められる大きな車回しでは、二人の後ろに一団の騎士が整然と並んで、皇国の国旗と公爵家の紋章旗を掲《かか》げている。

到着までもう少しかかりそうだ。それがわかるのは、聞こえてくる歓声《かんせい》がまだ遠いから。皇城からユールノヴァ公爵邸までは、たいした距離《きょり》ではない。前世の皇居から赤坂御用地《あかさかごようち》くらいの感覚か。そういえば赤坂御用地は、かつて紀州徳川家《きしゅうとくがわけ》江戸《えど》屋敷《やしき》があった場所らしい。権力者同士の位置関係は、世界が変わってもだいたい同じになるのだろう。

だが毎年の三大公爵家への行幸は皇都の民《たみ》に広く知られていて、人々が道中の皇室御一家を一目見ようと集まってくる。高位貴族の皇都邸が立ち並ぶ、普段《ふだん》は閑静《かんせい》なこの近隣《きんりん》の広い通りが、この時ばかりは庶民《しょみん》でごった返す。皇室もそれへ手を振《ふ》りながらゆるゆると馬車を進めるので、移動に時間がかかることになる。

そもそも皇室が三大公爵家を訪問する目的は、皇室と公爵家の結束を示すことだ。なればこそ、わかりやすく前もって目的地までの道筋に交通規制を敷《し》き、皇室騎士団を引き連れ、パレードのようにことさら華《はな》やかにやって来る。

そうして三大公爵家の権威《けんい》を高め、他の貴族を抑《おさ》える力を与えると共に、三大公爵家同士の競争意識を煽《あお》り、彼らが手を結んで皇室に害を為《な》す可能性を摘《つ》む狙《ねら》いもある。

ユールグラン皇国は建国から四百年続く。さまざまな要因あってのこととはいえ、国家としてこれは歴史上まれな長さだ。

その長きに渡り、政体を維持《いじ》してきた皇室。

皇室の血統の護持《ごじ》を役割のひとつとする三大公爵家といえど、畏《おそ》れ敬うべき存在であった。

歓声は近づき、やがて――。

「エカテリーナ、聞こえるか」

「はい、お兄様」

聞こえてきたのは、りょうりょうと吹き鳴らされる角笛の音。

アレクセイが合図すると、ユールノヴァ騎士団の奏者が角笛を掲げ、高らかに吹き鳴らした。

建国期、長兄《ちょうけい》ピョートル大帝《たいてい》とのちに公爵家の開祖となる三人の弟が軍を率いて戦場を駆《か》け巡《めぐ》っていた頃《ころ》、彼らは目で見える旗印を掲げるだけでなく、それぞれに定めた旋律《せんりつ》を角笛で吹き鳴らすことで、戦場で自軍の居場所を伝えて連携《れんけい》し合った。

その故事に倣《なら》い、皇帝《こうてい》は公爵家へ来駕《らいが》する際、到着の前に角笛でピョートル大帝の旋律を吹き鳴らさせる。

公爵家は、それぞれの開祖の旋律でそれに応《こた》えるのだ。

（あああ歴女の血が騒《さわ》ぐー！）

皇室御一家の行幸に腰《こし》が引けていたエカテリーナだが、一気にテンションが上がっている。この世界の歴史も楽しい。特に皇国の建国期、四兄弟のエピソードは美味《おい》しい。

建国の父ピョートル大帝は多くの将兵を心服させるカリスマ性を持ち、個人としても伝説級に強力な雷《いかずち》属性の魔力《まりょく》を持つ戦士であり、深謀遠慮《しんぼうえんりょ》に富んだ政治力も兼《か》ね備《そな》えた人物だった。が、個々の戦場で指揮を執《と》るのは得意でなかったらしく、敗北寸前まで追い詰《つ》められたところを弟の救援《きゅうえん》に救われたことが何度もある。

兄を救いに駆け付けるのは、たいてい次兄《じけい》セルゲイか末子《まっし》パーヴェル。三男のマクシムは外交や内政に手腕《しゅわん》を発揮したが、戦場での指揮は長兄同様苦手だったらしい。その割にマクシムは野心家で、パーヴェルと謀《はか》って長兄から離叛《りはん》しようとしたことが何度もあった。しかしピョートルが皇帝となってからは、皇国の安定と発展に大いに貢献《こうけん》した。

パーヴェルは長兄ピョートルや三男マクシムと正反対に武勇の男で、戦場の指揮官としては四兄弟で最も優《すぐ》れていた。若い頃は乱暴者で強さにこだわり、知識人を馬鹿《ばか》にする言動があったが、歳を重ねるにつれ知識の重要性を理解するようになった。教養を高めなくては、が口癖《くちぐせ》になり、アストラ研究機関を立ち上げ勉学に励《はげ》んで、老年の頃にはなかなかに優れた詩文も書くようになったという。

次兄セルゲイは、能力に偏《かたよ》りがないオールラウンダー。兄弟の調整役でもあり、三男が離叛しかけた時、説得したり張り倒《たお》したりして思いとどまらせ、長兄との仲を修復したのはセルゲイだった。

一度も長兄を裏切ることのなかったセルゲイに対するピョートルの信頼《しんらい》は絶大だったが、頼《たよ》りにするあまりあれもこれも丸投げしてしまい、ブチ切れたセルゲイが全部放《ほう》り出して自分の砦《とりで》に自主的に蟄居《ちつきょ》（というか引きこもり）したことが二回ある。二回ともピョートルがすっ飛んでいって平謝りしたので、仲直りした。

『セルゲイ公はピョートル大帝にとって正妻以上の正妻であった』

とは、ある歴史書の記述。読んで、エカテリーナは思わず笑った。

建国期のおおらかさは、どことなく日本の戦国時代に似ている気がする。

「両陛下とも気さくなお人柄《ひとがら》であられる。緊張《きんちょう》せず、いつも通りにふるまいなさい」

「はい、お兄様」

何度も言ってくれた言葉だけど、やっぱり難易度高い。

でも頑張《がんば》ります！　だってお兄様、今日のドレスの方が似合うって言ってくれたし！　関係なくてもそれで頑張れるのが女子ってもんだ！

今日のドレスも、瑠璃色《るりいろ》の『天上の青』を活《い》かしたものだけど、上半身の前身頃《まえみごろ》を春空色にして、そこに黒のレースを重ねた。胸元《むなもと》にレースで控《ひか》えめなフリルを付け、その中心に虹石のブローチを付けている。

自分で言うのもなんですが、悪役令嬢《れいじょう》に黒レースハマりすぎ。自分で言うのもなんですが、めっちゃ似合ってます。セクシー度も上がってます。いらんけど。

支度《したく》を整えて現れたエカテリーナを見た時、アレクセイは目を見開いた。

そして、珍《めずら》しく言葉を探すような表情をした後、少し気恥《きは》ずかしそうに微笑《ほほえ》んだ。

「愚《おろ》かしいことを言うようですまないが……男というものは、傍らの女性が美しいことで力が湧《わ》いてくる生き物なのだと、初めて実感した。お前の手を取れるなら、どんなことでもできる気がする」

そしてアレクセイは妹の手を取って、そっと握《にぎ》った。

「美しいよ。昨日よりもいっそう美しい。女性の衣装のことは私にはよくわからないが、今日の方がお前に似合っているようだ」

「まあ……嬉《うれ》しゅうございますわ」

（頑張れ、私の膝《ひざ》！　崩《くず》れるなー頑張れー！）

内心でひたすら自分の膝を激励《げきれい》していることはおくびにも出さず、エカテリーナは微笑んだものだ。

昨日はスルーできたのに、なんだ今日の破壊《はかい》力！

しかしお兄様ほど一分の隙《すき》もなくデキる男が気恥ずかしそうに微笑むって、もうどうしたらいいのか。いやどうもせんでいいんだけど。

とにかくお兄様のおかげで力が湧いてくるのは私の方です！　今日を乗り切ってそれを証明してみせます！


そしてついに、皇室御一家を乗せた馬車が公爵邸の門をくぐる。豪壮《ごうそう》な装飾《そうしょく》がほどこされた、なんとも華やかな馬車だ。

（なんか馬がすごい！）

馬車を引く二頭の馬は、普通《ふつう》の馬ではない。魔獣《まじゅう》の血を引く『クルイモフの魔獣馬』だ。

華麗《かれい》な皇帝の馬車はそれだけに重量があり、並の馬に引かせれば六頭立てでなければ動かない。それをこの馬は二頭で楽々と引く。二頭とも一見美しい白馬だが、額に銀色の角があり、たてがみと尾《お》が青い燐光《りんこう》を帯びている。よく見れば、口元から牙《きば》がのぞいているようだ。

馬になぜ牙。草食動物じゃないんだろうか。……ないのかもしれない。

だがそれがかっこいい！　馬だけでもすごいんだから、それは人々がわくわくと見物に集まってくるのも当然だろう。

アレクセイとエカテリーナの前に、きらびやかな馬車が停《と》まる。

お仕着せを来た皇帝の従者が、馬車の扉《とびら》を開いた。

胸に拳《こぶし》を当て、アレクセイがうやうやしく頭を下げる。

その一歩後ろで、エカテリーナは貴族令嬢らしくしとやかに、跪礼《きれい》の姿勢で深々とこうべを垂れた。

「アレクセイ、出迎《でむか》え大儀《たいぎ》。楽にせよ」

響《ひび》きの良い声が聞こえる。

「そこに居るのが、そなたの妹か。会いたいと思っていた」

「光栄に存じます、陛下」

アレクセイは半歩下がり、エカテリーナの手を取る。

「お言葉により我が妹エカテリーナ、拝顔《はいがん》の栄《えい》を賜《たまわ》ります」

その声には、抑《おさ》えきれない誇《ほこ》らしげな響きがあった。

兄の手に引かれて、エカテリーナは立ち上がり、伏《ふ》せていた目を上げる。

「エカテリーナ・ユールノヴァにございます。拝謁《はいえつ》を賜り光栄に存じます」

落ち着いて言えたものの、アレクセイの手を握りしめてしまったエカテリーナであった。

さすが皇帝陛下《こうていへいか》。威厳《いげん》が、圧がすごい。すげえとか言えない、すごい。

ユールグラン皇国皇帝、コンスタンティン・ユールグラン。

皇子そっくり。年齢《ねんれい》は確か四十歳くらいのはず、皇子もこの年齢になったらこうなるだろうなっていう完成形。イケメンが年齢を重ねて魅力《みりょく》を増してます。

夏空色の髪《かみ》に少し白いものが交じっている。瞳《ひとみ》は皇子と同じく明るい夏空色だけれど、視線が強く重い。どんな経験をしてきたんだろう。

今、皇国は平和で安定している。その実現のために皇国で最も献身《けんしん》しているのは、この方であることは間違《まちが》いない。お兄様も敬愛する賢帝《けんてい》陛下、ありがとうございます。

皇帝が、ふ、と目を和《なご》ませた。

「美しい令嬢だ。ようやく会えた兄妹《きょうだい》が仲睦《なかむつ》まじいようで安堵《あんど》した。アレクセイ、よかったな」

「恐《おそ》れ入ります、陛下」

エカテリーナの手を握り返したアレクセイが一礼し、妹と目を合わせて微笑んだ。

「魔獣の件、聞いていますよ。どんなお転婆《てんば》なお嬢《じょう》さんかと思ったら、淑《しと》やかそうな方で驚《おどろ》いたわ」

皇帝の傍《かたわ》らに立つ皇后から、声がかかる。

お会いしたいと思ってました。マグダレーナ皇后陛下！

髪と瞳の色はブルーグリーン。珊瑚礁《さんごしょう》の海の色のような、なんとも美しい色。目尻《めじり》に笑い皺《じわ》はあるけれど、目に明るい光が宿っていて、皇帝陛下と同い年のはずだけど若々しい。長身の陛下とあまり変わらないくらい、女性としてはまれなほど背が高くて、きりりと凛々《りり》しい顔立ちの美女。

イメージ通り、かっこいい！　ザ・できる女性上司って感じ。顔立ちが似てるわけじゃないけど、前世で割と好きだった、元少女歌劇団トップスターの女優さんみたい。

「エカテリーナは母上に負けないくらい気が強いところがありますよ。優《やさ》しい子だけど」

おい皇子、それは褒《ほ》めてるのか？　落としてるのか？　どっちだ。

そう思いつつミハイルに視線を移したエカテリーナは、思わず目を見張った。

おおう……皇子が王子様。

思えば、制服姿しか見たことがなかった。学園の制服も素敵《すてき》なんだけど、あれはあくまでカジュアルな雰囲気《ふんいき》。今日は金モールとかついた華麗な衣装で、ロイヤルオーラ全開ですよ。あらためて、すごいイケメンなんだよな。

そのミハイルの方も、目を見張っていた。

「……そういえば、制服以外の君と会うのは初めてだね。素敵なドレスだ、大人っぽくて、よく似合ってる」

……まともだ。十五歳の男の子にしては、充分《じゅうぶん》合格点な感想だよ。お兄様の美辞麗句《びじれいく》スキルって、やっぱ尋常《じんじょう》じゃないんだな。

「恐れ入ります。ミハイル様も素敵ですわ」

微笑みかけると、ミハイルは少し赤くなった。

すまん。悪役令嬢、けしからんくてすまん。

でも君の立場だとたぶん、これからもっとすごいお姉様に誘惑《ゆうわく》されちゃったりするだろうから、今のうちに慣れといてくれ。

いや前世よりはるかに婚期《こんき》の早いこの世界だと、すでに狙《ねら》われてるんじゃないの？　こんなんで赤くなってどうする。頑張れ皇子。

「まあ、今年も見事だこと！」

蔓薔薇《つるばら》のアーチをくぐって、現れた薔薇園の全貌《ぜんぼう》に皇后マグダレーナが感嘆《かんたん》の声を上げた。

今は皇室御一家《ごいっか》とユールノヴァ公爵《こうしゃく》家兄妹とで、庭園をそぞろ歩いている。こうして薔薇を観賞《かんしょう》したのち、共に昼食を取るのが例年のスケジュールだ。

「邸《やしき》の管理も、所領の統治も順調のようだな。その若さで、さすが危なげない当主ぶりだ」

「恐悦至極《きょうえつしごく》に存じます。まだまだ、道半ばですが」

皇帝の言葉に、アレクセイが応《こた》えた。ミハイルの遊び相手として幼い頃《ころ》から皇城に通ってきたアレクセイだけに、皇帝も彼をよく知り、期待をかけている。

「先日、お祖父様《じい》……先帝陛下《せんてい》にお会いしてきたんだ。セルゲイの孫は元気かとお尋《たず》ねがあった。君のお祖父様を懐《なつ》かしんでおられたよ」

ミハイルが言った。セルゲイが仕えた先帝ヴァレンティンは、今も存命。ユールグラン皇国の皇位は譲位《じょうい》で引き継《つ》がれるのが基本だ。

ヴァレンティンはアレクセイの祖母アレクサンドラの弟で、聡明《そうめい》だったが病がちで気弱な面があり、その自分を支えてくれるセルゲイへの感謝は深かった。気性《きしょう》の激しい姉に逆らえない人物ではあったが、セルゲイ亡《な》き後のアレクセイを気にかけてはいたのだ。

やがてミハイルが即位《そくい》する日が来たならば、祖父セルゲイと同様にアレクセイが、宰相《さいしょう》や大臣を歴任することになるだろう。

そのあかつきには、公爵領の内政は私が代行できるくらいになって、お兄様の過労死フラグを折ってみせる！

心で拳を握るエカテリーナである。

「エカテリーナ、そなたのドレスは素敵ね。美しい青だわ」

キター！

皇后に話をふられて、心の拳がガッツポーズだ。

「皇后陛下にそのようなお言葉をいただき、光栄でございますわ。実は、ユールノヴァ領で発見された、新たな染料《せんりょう》を使っておりますの。今までのラピスラズリより、安価に美しく染めることができるそうですわ」

「まあ」

皇后の目がきらっと光る。

興味を引かれたようではあるけど、売り込もうとしているのもバレバレなような。そりゃ、経済振興《しんこう》に手腕《しゅわん》を発揮する皇后陛下には、日々いろんなものの売り込みが殺到《さっとう》しているんだろうな。

と、皇后はふっと笑った。

「そなたのような若い令嬢《れいじょう》が、流行のドレスより所領の産物を大切にするのは珍《めずら》しいことね。よい心掛《こころが》けだこと」

「恐れ入ります。陛下のお衣装を拝見いたしますと、海の向こうの絹織物の美しさにも心惹《こころひ》かれますわ。陛下に憧《あこが》れる婦人方がこぞって身にまとうお気持ち、よく解《わか》りますの」

ええ、お世辞抜《ぬ》きでそう思います。前世のイスラム文様《もんよう》に似た精緻《せいち》な幾何学《きかがく》模様が織り出された絹織物を使ったドレス、めちゃくちゃ美しい！　皇后陛下のハンサムウーマンなお顔立ちにぴったりです。

少女歌劇団の男役トップスターを思い出させるくらいだから、この方絶対女性に人気がある。そりゃ女性たち、同じドレスを着たがるわ。流行作れるわ。

「あら」

皇后がくいっと眉《まゆ》を上げたので、見え見えのお世辞と思われたかなーとへこみかけたエカテリーナだったが、そこでぱちっとウインクをかまされた。

「可愛《かわい》いことを言ってくれるわね」

トップスターにウインクされたぜ、うっひょうかっこいい!

「その青であれば、『神々の山嶺《さんれい》』の向こうへ輸出するのもいいわね。あちらの国々では、青や緑が好まれることが多いの。砂漠《さばく》の国にとって、水や木々を思わせる色は憧れなのよ」

「輸出! 興味深いご意見ですわ」

なるほど! そういえば前世でも、中東の国々は緑色を好んでいて、国旗に緑が使われてることが多かったはず。それに、青が美しいモスクがいくつもあった。

「ほほほ」

エカテリーナの反応を見て、なぜか楽しそうに皇后は笑う。

「デリケートな方は、砂漠の国と聞いただけで蛮族《ばんぞく》などと言って、拒否《きょひ》反応を示すことがあるのだけど。そなたは目を輝《かがや》かせるのね」

いや、蛮族って……この織物を見ただけで、あちらの文化の高さが知れるというのに。馬鹿《ばか》なことを言う人がいるもんですね。

ってあああ、そういうこと言いそうなヤツの心当たりがー!

……考えてみれば、去年までここで皇室御一家をお迎《むか》えしてたのはアレと父親か……。アレから見たら皇帝陛下は甥《おい》、皇后陛下は甥の嫁《よめ》か……。

クソババア……まさか皇后陛下にまで嫁いびりを……？

『皇后になればお祖母《ばあ》様でさえあなたに頭を下げねばならなくなる……だから……』

か細い母の声が耳によみがえり、エカテリーナは暗澹《あんたん》となった。

「エカテリーナ？　どうかして？」

皇后に呼ばれて、はっと我に返る。

「ま、まあ、ご無礼を」

「気にしなくてよくてよ。それより具合でも？」

「いえ、ただ、ふと母を思い出しましたの。恐れながら、陛下と年の頃が近《ちこ》うございましたので」

「まあ、そう……」

ほう、と皇后は嘆息《たんそく》した。

「アナスタシア……覚えていてよ。わたくしよりも少し年下の、美しくて淑《しと》やかな、貴族令嬢の鑑《かがみ》のような方だったわね。お母様のこと、あらためてお悔《く》やみ申し上げるわ。そなたはお母様にそっくり。でも、そなたの方が大人びていて、しっかりしているように思えるわね」

「恐《おそ》れ入りますわ。温かいお言葉、心に染《し》み入ります」

……お母様のことを悔やむ言葉、かけてもらったの初めてかも。

いや、お母様の葬儀《そうぎ》で、たくさんそんな言葉はあったはずだけど……ひとつも覚えてないや。亡くなったあの時のことだけ、心に強烈《きょうれつ》に焼き付いていて。その後は……たくさんの花、たくさんの人々、盛大で、整然ととりおこなわれて。その中で、ぼんやりして、ふわふわして、ただ時間が過ぎていった。

……葬儀を取り仕切ったお兄様、あの頃ちっとも役に立てなくてごめんなさい。独りで何もかもに立ち向かわせてしまって。

そう考えると、アラサー社畜《しゃちく》の記憶《きおく》が戻《もど》ったのはラッキーだったな！

今は皇后陛下のおもてなし、言わば接待中。前世でも営業はやったことはないけど、社会人として接待くらいこなせんでどうする。集中するんだ自分！

「陛下、先ほどのデリケートなお方ですけれど。そもそも絹というものは、『神々の山嶺』の向こうからもたらされたと聞き及《およ》びますわ。蛮族などとおっしゃるなら、そのようなものを身に着けることはお出来にならないことでしょう。デリケートな方はご苦労が多くていらっしゃいますわね」

「まあ、ほほほ！」

エカテリーナの言葉に、皇后はなぜか笑い出す。

「そなたの言葉とよく似たこと、わたくしがその場で言ったのだったわ」

おおー！

さすが女の園《その》のトップスター！（違《ちが》うぞ）ババアの嫁いびりなんかに負けてない！

かっこいい。なんか……なんかもう、姐御《あねご》って感じ。

「そなたとは気が合うようで嬉《うれ》しいわ。今日はいろいろお話ししましょうね」

「はい！　わたくしも嬉しゅうございます」


庭園での観賞の後はいったん邸に入り、薔薇《ばら》園を見渡《みわた》せるバルコニーで昼食をとる。バルコニーといっても、前世で社畜が住んでいたワンルームマンションの敷地《しきち》全体と、同じくらいの面積がありそうな広さだ。

その広いバルコニーの端近《はしちか》くには、警備を務めるユールノヴァ騎士《きし》団《だん》と皇室騎士団の騎士が槍《やり》を手にして交互《こうご》に並び、華《はな》やかな彫像《ちょうぞう》のように佇《たたず》んでいる。食卓《しょくたく》近くには給仕《きゅうじ》が行き交《か》い、時には簡易な調理台が運び込まれ、料理人が目の前でフランベなどをして賓客《ひんきゃく》を楽しませる。さらには少し離《はな》れた小卓《しょうたく》に控《ひか》える毒味《どくみ》役もいて、この広さも広すぎることはない。

薔薇の香《かお》りを運ぶ微風《びふう》が爽《さわ》やかな、戸外で食事をとるには最適な天候もあいまって、食卓はなごやかな雰囲気《ふんいき》だった。

「そのような強力な竜《りゅう》は、セイン領にも棲《す》んでいるとされているわ」

皇帝《こうてい》から領地の統治で問題はないかと問われたアレクセイが、巨大《きょだい》な竜の出現で建材の伐採《ばっさい》が滞《とどこお》っていること、その竜は最古の存在とも言われる北の王、玄竜《げんりゅう》であることを話したところで、皇后がそう話し出した。

「セインの竜は、海の竜。輝くような翠緑《すいりょく》の体軀《たいく》から、翠竜《すいりゅう》と呼ばれているの。普段《ふだん》は深海に棲《す》んでいて人と交わることはないけれど、人が海を汚《よご》した時には現れて、怒《いか》りで街を滅《ほろ》ぼすそうよ。けれど、人の姿に変わると絶世の美女なのですって。そのせいか、アストラ帝国《ていこく》の頃《ころ》から続く港町では、夏の祭礼《さいれい》で翠竜に指輪を捧《ささ》げる風習があるの。選ばれた若者が海に金の指輪を投げ込み、結婚《けっこん》を申し込むのよ」

『美しき方よ、愛の証《あかし》としてこの指輪を貴女《あなた》に捧げ、永遠に貴女のものとなることを誓《ちか》う。貴女を永遠にわたしのものにするために』

「その若者が翠竜の目に適《かな》えば、美女の姿となって彼の前に現れるそうよ」

「まあ、なんてロマンチックな風習でしょう！」

エカテリーナは思わず声を上げる。

前世のヴェネツィアで行われている、『海との結婚式』に似ているような。あちらは都市国家ヴェネツィアの元首が「海よ、お前と結婚する。お前を永遠にわたしのものにするために」と言って指輪を海に投げ込むんだった。

それを何百年も続けてきた末に、今ヴェネツィアの海抜《かいばつ》が年々下がってやがて海に沈《しず》むと言われているのが、深情けの女に捕《つか》まった口先男の末路みたいで趣《おもむ》き深かったり。

「討伐《とうばつ》するのではなく愛を捧げるとは、平和的で美しゅうございますわね。玄竜にもそのように捧げ物をすれば、和解できますかしら」

もしかして、玄竜こと乙女《おとめ》ゲームの隠《かく》し攻略《こうりゃく》キャラ、魔竜王《まりゅうおう》ヴラドフォーレンを攻略する隠しルート解放の手掛《てが》かりだったりして。

魔竜王も、前世の検索《けんさく》画面で見ただけだけど、黒髪赤眼《くろかみせきがん》の絶世の美形だった。ちょっと攻略してみたくなったもんな。お兄様の方が好みにどストライクだからやめといたけど。攻略対象外で、悪役令嬢《れいじょう》の横でちょっとなんか言うだけのキャラでも、生きる支えになるほど好きでしたよ。

それにしても、森林破《は》壊《かい》には玄竜が怒り、海洋汚《お》染《せん》には翠竜が怒るのか。前世の知識からすると、強力な竜たちはこのユールグラン皇国をサスティナブルに保《たも》つ、守護神の役割を果たしているように思えるな。ありがとうございます。

「エカテリーナが指輪を捧げて愛を乞《こ》うたなら、太陽でさえ天の御座《みざ》から降りて来るであろうな」

ふ、と笑って皇帝が言う。

「陛下からそのようなお言葉を賜《たまわ》るとは、身にあまる光栄にございますわ」

すげえ皇帝陛下の美辞麗句《びじれいく》スキル、お兄様と張り合うレベル。お兄様と違ってリップサービスとはっきり解《わか》る感じもむしろ洒脱《しゃだつ》で良いわ。外交とかで鍛《きた》え上げられてるんだろうな。

皇子もいつかこうなるのかな……な、なんか今のままでいてほしいかも。

「玄竜であろうと太陽であろうと、妹を渡《わた》すつもりはありません。もしも天から降りてきたなら、私が決闘《けっとう》を申し込みましょう」

むすっとアレクセイが言った。

なんかすみませんお兄様、両陛下にシスコンを披露《ひろう》させてしまってすみません。

「お兄様が決闘なさるなら、わたくし及ばずながら助太刀《すけだち》いたしますわ」

エカテリーナが言うと、皇室御一家《ごいっか》が揃《そろ》って声を上げて笑った。

「勇ましいな、エカテリーナ。もしや剣《けん》の心得があるのか」

「それが、まったくございませんの」

「わたくしレイピアなら扱《あつか》えてよ。少し手ほどきしようかしら」

「素敵《すてき》！　ぜひお願いしとうございますわ」

トップスターな皇后陛下がレイピア遣《つか》いって、なにそれ新たな萌《も》えの扉《とびら》！　超《ちょう》見たい！

「エカテリーナ」

たしなめる口調で呼ばれて、エカテリーナは我に返る。そうでしたすみません。

「皇后陛下、有り難《がた》き仰《おお》せですが、我が妹は身体《からだ》が弱く、激しい運動は控えさせております。入学式の後や先日の魔獣《まじゅう》出現の後など、突然倒《とつぜんたお》れてしまったことが何度もありますので」

ぎゃーっ、魔獣出現の後のことまでバレてるー！　なんでー!?

そう、皇国滅亡《めつぼう》ルートのかかった魔獣イベントを乗り切って、お兄様と皇子と一緒《いっしょ》に皇都警護隊に情報提供したあの日。お兄様に寮《りょう》へ送ってもらって、寮の入り口で待っていてくれたミナと特別室へ戻ろうとしたところで……スイッチ切れました。前みたいにロックがかかったわけじゃないけど、階段を上ろうとしたところでどかーんと疲《つか》れが出て動けなくなって、お姫様《ひめさま》抱《だ》っこアゲインでした。

ミナが報告したのかな。お兄様が雇用主《こよう》だもんな……。

しかしお兄様、これは私の要望を汲《く》んだ、次期皇后争い不参加宣言ですね！　ありがとうございます！

「あの後も？　そうだったのか、気付かなくてごめん」

驚《おどろ》いたようにミハイルが言う。

「気丈《きじょう》な子ですから。休むように言ったのに、無理をして」

「だって……お兄様のお側《そば》に居たかったのですもの」

上目遣《うわめづか》いでエカテリーナが言うと、少し間があって、アレクセイは小さく咳払《せきばら》いをした。

「まあ、私が許したのだから、問題はないが」

……両陛下がたいへんほのぼのした眼差《まなざ》しでお兄様を見ておられます。シスコンを披露させてしまってほんとにすいません。

「マグナにも強力な竜がいるのかな」

ミハイルが言い、話題が変わったことにエカテリーナはほっとした。

「ふむ。ウラジーミルなら知っていよう。訊《き》いてみてはどうだ」

「そうですね。学園でもなかなか会えないですけど、機会があれば」

皇帝の言葉に答えたミハイルは、エカテリーナを見て微笑《ほほえ》んだ。

「ウラジーミルは、下手な学者より豊富な知識の持ち主だからね。読んだ文献《ぶんけん》は、完璧《かんぺき》に覚え込む記憶《きおく》力がある。彼も身体が弱いから領内をくまなく見て歩くことはできないだろうけど、マグナ領について書物に書かれていることはすべて網羅《もうら》しているはずなんだ。アストラ帝国語の古文書だって、皇国語と同等に読みこなせる」

え……ウラジーミルって、前に皇子の前で私に嫌《いや》みかましてきた、ユールマグナの嫡子《ちゃくし》だよね。凄《すご》い美形だけど、態度のなってない。あれが？

でもそういえば、お兄様も彼のこと、優秀《ゆうしゅう》な人間だって言ってたな。

そしてさらにそういえば、ビジュアル系バンドの人みたいと思ったくらい、細くてちょっと不健康な感じはした。お兄様も皇子も、細身ではあってもしっかり筋肉のついた、力強い雰囲気がある。でも尚武《しょうぶ》の気風だとさんざん聞いたユールマグナの嫡男《ちゃくなん》なのに、ウラジーミルは甲《かっ》冑《ちゅう》を着て戦場を駆《か》け回れるような鍛え方をしているようには見えなかった。

「この前はあんな態度だったけど、元々は内気で優《やさ》しい性格なんだよ。アレクセイも知っているだろう」

「……人が変わってどれくらいになるかも忘れましたが」

アレクセイはそっけなく言う。

「七年だよ。僕はよく覚えてる。君のお祖父様《じい》が亡《な》くなって君が皇城にあまり来られなかったのと同じ頃に、ウラジーミルも重い病気になって長い間来なかったから。そのあと、すっかり感じが変わってしまった」

ふと、ミハイルは微笑した。

「もうひとつ、これもよく覚えてる。僕は六歳だったかな、七歳のウラジーミルと初めて会った時、泣いてる彼と手をつないで僕のところへ連れてきてあげたのは、八歳の君だった」

わー！　なんだそのほのぼの可愛《かわい》いエピソード！

「初めて来た皇城で、迷子になったと泣いておりましたので」

アレクセイはやはりそっけない。

お兄様、それ相手が女の子だったら完全にフラグです。初恋《はつこい》です。相手が男の子で惜《お》しいような、ほっとするような。……まさかBLフラグ……？　わかんないけど、お兄様がそれで幸せになるなら受け止めねば！

って、何を言ってる！　先走るっていうか暴走するんじゃない自分！

「初めて皇城に来た息子《むすこ》を放《ほう》って行くなど、ゲオルギーも困った奴《やつ》だ。マグナの当代は昔から、身近な者のことほど後回しにしてしまう癖《くせ》がある」

皇帝《こうてい》が嘆息《たんそく》した。ウラジーミルの父、ユールマグナ当主ゲオルギーは皇帝と年齢《ねんれい》が近く、息子たちと同様に幼い頃《ころ》は遊び相手だったはずだ。しかし現在は、さほど近《ちか》しい関係ではない。

「アレクセイもウラジーミルも、次代の皇国を担《にな》う優秀な人材だ。それぞれ事情はあろうが、協力しあって皇国に尽《つ》くしてもらいたい」

「御意《ぎょい》」

皇帝の言葉に、アレクセイは従順に頭を下げた。

迎《むか》える公爵家《こうしゃくけ》が多大な時間と労力と費用をかけて準備する皇室御一家の行幸だが、多忙《たぼう》を極《きわ》める皇帝のこと、そう長い時間を割《さ》けるわけではない。昼食の後は、もう皇城へ還御《かんぎょ》となる。

ユールノヴァ騎士団《きしだん》と皇室騎士団が守りを固める公爵邸《こうしゃくてい》正門の外では、還御の気配を感じ取ったのか、人々のざわめきが大きくなっている。

皇帝の馬車が待つ正面玄関《げんかん》の車回しに皇室御一家と公爵家兄妹《きょうだい》が姿を現すと、門の外からわあっと歓声《かんせい》が上がった。

「馳走《ちそう》になったな、アレクセイ。そなたらしい、行き届いたもてなしであった」

「光栄に存じます。家中の者たちも喜ぶことでありましょう」

君臣が言葉を交《か》わす隣《となり》で、皇后は両手でエカテリーナの手を取っている。

「楽しかったわ、エカテリーナ。今度はぜひ皇城へ来てちょうだい」

「嬉《うれ》しゅうございますわ。ぜひおうかがいしとうございます」

　エカテリーナも皇后の手を握《にぎ》り返して、まるで級友のような親しさだ。皇后の横でミハイルが苦笑《くしょう》していた。

「アレクセイ、エカテリーナ。今日はありがとう、学園でまた会おう」

　ミハイルの言葉を最後に、御一家は馬車に乗り込んでゆく。

　そして皇室騎士団の奏者が高らかに奏《かな》でる角笛を合図に、魔獣馬に引かれる馬車はゆっくりと動き出して、ユールノヴァ公爵家を後にした。


「……今年のノヴァは、青薔薇《ばら》がなかなか美しかったな。そう思ったであろう」

「あら、陛下が令嬢《れいじょう》のことをお気に留められるとは、お珍《めずら》しいこと」

　往《い》きと同じく沿道の人々に手を振《ふ》りつつ、皇帝コンスタンティンは機嫌《きげん》良く言った。こちらも微笑みを絶《た》やさず手を振る皇后マグダレーナが、揶揄《からか》うように言う。

「なに、そなたがあまりに気に入っておったからな。ずいぶんと話が弾《はず》んでいたではないか」

「ええ、それは」

　ふ、と微笑んだ皇后が、コロコロと笑い出した。

「あの子ときたら……！　関税だの、船荷《ふなに》の保険だのの話を、目を輝《かがや》かせて聞く令嬢など初めてですわ。少し説明しただけで、理解の深く広いこと。さすがアレクセイの妹ですわね」

楽しげな皇后は、かつては自身がそういう変わった少女であったのだろう。

「ようやくドレスの柄《がら》に目を留めたと思えば、自分に似合うかより、どこの国のものでどういった文化から生まれたのかを気にして、あちらの技術や感性にしきりと感心しているのですもの。あの国の大使の機嫌《きげん》を取りたい時には、会食にエカテリーナを連れて行くべきですわ。別の文化の話を偏見《へんけん》なく嬉々《きき》として聞く上に、あの若さであの洞察力《どうさつ》。大使を感激させられることでしょう」

エカテリーナがこの評価を聞いたら『すいません中身ぜんぜん若くなくてすいません』と深く頭を下げるだろう。

「ふむ。世間へ出てまだ一年にもならぬはずだが、驚くべき進歩だな」

本来ならエカテリーナは、子供の頃から皇城に出入りしていておかしくない身分だ。母親であるアナスタシアも、皇都の社交界で華《はな》やいでいるべき立場だった。それなのに、十数年姿を見せぬまま亡くなった。夫アレクサンドルは公爵を継《つ》いでからほとんど皇都で過ごしていたにも拘《かか》わらずだ。アナスタシアが病のため、領地で静養しているという名目だったが、誰《だれ》も信じていなかった。

アナスタシアとエカテリーナが身分にふさわしからぬ、不幸な暮らしをしていたのは想像に難《かた》くない。社交界では、二人は石牢《いしろう》に閉じ込められているらしい、などとおどろおどろしい噂《うわさ》が囁《ささや》かれたものだ。

しかし今日初めて会ったエカテリーナは明るく聡明《そうめい》な少女で、兄を助けて公爵家を盛り立てようとする気概《きがい》に満ちていた。その精神の強さは賞賛に足る。いつもは隙《すき》が無さすぎるほどのアレクセイが、妹には甘い顔を向ける様子も、微笑ましかった。

「アレクセイとエカテリーナ、今後はノヴァ訪問が楽しみになる」

「あら、わたくしは昨年までも、ある意味楽しんでおりましたわよ？」

ほほほ、と皇后は笑う。

エカテリーナの想像通り、アレクサンドラは甥《おい》の嫁《よめ》に素直《すなお》に頭を下げる人物ではなかった。そもそもマグダレーナとアレクサンドラは、互《たが》いに相容《あいい》れない考えの持ち主だ。マグダレーナのくだけた話し方、大きな笑《え》み、他国まで広がる交友関係、男勝《まさ》りのレイピアの腕前《うでまえ》、経済への取り組み、そして夫とあまり変わらないほどの長身。アレクサンドラはいちいち否定したものだ。

『あなたには威厳《いげん》も淑《しと》やかさもない。皇室に最もふさわしくない人間。これほどの失格者を皇室の一員にふさわしく教育せねばならないとは、わたくしの不運をピョートル大帝《たいてい》も哀《あわ》れんでくださるでしょう』

扇《おうぎ》の陰《かげ》で嘆息して見せたアレクサンドラに、当時は皇太子妃《ひ》だったマグダレーナはこう返した。

『あら、教育だなんて。いつの間に家庭教師の職に就《つ》かれましたの？　働いて糧《かて》を得る大切さに気付いてくださいましたのね』

降嫁《こうか》したとはいえ皇帝陛下の姉君になんという口をきくのかと、あの時はアレクサンドラの取り巻きがぎゃあぎゃあ姦《かしま》しかったが、まあまあの返しだったと思っている。

その後、セルゲイ公を喪《うしな》い気落ちした先帝《せんてい》陛下が譲位《じょうい》を決断し、マグダレーナも皇后となった。明確に上の身分になっても不愉快《ふゆかい》な相手だったが、マグダレーナが生み出すものを否定するアレクサンドラが徐々《じょじょ》に影響《えいきょう》力を失って苛立《いらだ》つ様子は、それなりに愉快だった。

「ですが、ええ、エカテリーナは楽しみですわ。エリザヴェータも可愛い子ですけど……」

エリザヴェータはユールマグナの令嬢で、年齢は十歳だ。ミハイルに気に入られようとする様子は健気《けなげ》で、見目も愛らしく、よき貴族令嬢になると思われるが、なにぶんまだ幼い。

そして彼女の父親ゲオルギー。彼は三大公爵が皇帝の前に集まる御前《ごぜん》会議、三公会議でエカテリーナのことを『ノヴァの令嬢は病弱で教育を受けたことも他家を訪《おとず》れたこともない』と揶揄したことがある。

ライバルを蹴落《けお》とすにしても、不遇《ふぐう》な少女をあからさまに貶《おとし》める発言は、言う者の株を下げる。それに気付けない。ミハイルの妻の一族は、すなわち次の皇帝の外戚《がいせき》となる。娘《むすめ》を推《お》すつもりで自分が不安要素になっているようでは世話はない。

皇帝はふむと唸《うな》った。

「しかし、アレクセイは妹をどうするつもりかな」

皇帝皇后の前ではっきりと『妹は身体《からだ》が弱い』と発言する意味を、理解しないアレクセイではない。皇后になればもとより、皇太子妃とて激務である。なにより、現実として最大の役目は世継《よつ》ぎを産むことだ。よって、健康であることは大きな条件になる。

アレクセイの言葉は、ユールノヴァはエカテリーナを皇后に立てることを望まない、と明言したも同然だった。

「ノヴァは今はあの二人きりですものね。大叔父《おおおじ》のアイザックも子がなかったはず。エカテリーナを分家にでも入れて、家中のてこ入れをしたいのかしら。ただ可愛《かわい》くて手放したくないのかもしれませんけれど。ですが、エカテリーナ自身はどうしたいのかしら？」

ここで皇帝皇后夫妻は、自分たちの息子《むすこ》にちらりと目をやった。

「……エカテリーナは僕に興味はないですよ」

微笑《ほほえ》みを絶やすことなく窓の外へ手を振るミハイルだったが、その声音《こわね》は彼が意図したほど淡々《たんたん》とは聞こえなかった。

「初めて話しかけた時なんて、毛虫でも見たみたいにぎょっとされましたから。後ずさりでもするんじゃないかと思ったぐらいだ」

後ずさりしそうになったのが、完全にバレていたエカテリーナであった。

「そういう策かもしれなくてよ？」

「気を引こうとして気のない振りをする子は、前にもいました。女の子は怖《こわ》いですよね。でも、エカテリーナはそうじゃなさそうです。魔獣《まじゅう》と戦った後も、アレクセイにべったりで僕なんか居ることも忘れてたし」

存在を忘れていたのも、バレバレである。

「突然《とつぜん》魔獣が現れたのに、落ち着いて定石《じょうせき》通り闘っているからさすがノヴァの子だと思ったら……終わった途端《とたん》、大泣きしてアレクセイに抱《だ》きついて、急に普通《ふつう》の女の子になってました。勇敢《ゆうかん》だったねって褒《ほ》めたら、泣きそうになるし。あれは……ちょっと、可愛かったですけど」

だんだん独り言のようになってきた息子《むすこ》の言葉に、聞き流すふりで両親が聞き入っていた。

「正直言って、あんなに僕のことが眼中にない女の子は初めてです。ですから、アレクセイに逆らってエカテリーナが僕の結婚《けっこん》相手になりたがる、なんてことはあり得ない。むしろ、彼女が嫌《いや》がっているからアレクセイがああ言ったんじゃないかな。……さすがに、そう嫌がらなくても、って気はしますけど。毛虫扱《あつか》いは心外だ」

「……ふむ」

呟《つぶや》いたのは皇帝《こうてい》コンスタンティンだった。

「まあ良かろう。そなたの卒業まで、まだ時はある」

皇国の皇位継承《けいしょう》者は、学園卒業後に立太子式《りったいしき》をおこない正式に世継ぎとなる。その際、伴《はん》

侶《りょ》となるべき女性も立太子式に参加し、その後結婚して皇太子妃となることが多い。

「情勢は変わる時は変わるものだ。それに、若者の心もな」

『わたくし、自分で商会を立ち上げて商売をするの。自分の船を持って世界を巡《めぐ》るのが夢なの。わたくしみたいな大女に構っていないで、他《ほか》の可愛い女の子をお嫁になさいませ』

皇帝も皇后も知っている。

ミハイルが父親にそっくりなのは、外見だけではない。逃《に》げられると追いたくなる気質、追い始めれば手中にするまで諦《あきら》めない執着《しゅうちゃく》の強さを、受け継いでいる。

(煽《あお》るなよ)

(わかっています。逆効果でしょう)

親同士の視線でそんな会話が交《か》わされたことに、ミハイルは気付かなかった。


「両陛下ともご機嫌麗《きげんうるわ》しくあられた。お前のおかげだよ、エカテリーナ」

「わたくしなど何も。お兄様の采配《さいはい》と、皆《みな》が準備に励《はげ》んでくれたからこそですわ」

皇帝の馬車が公爵邸《こうしゃくてい》の正門を出て行った後、アレクセイのエスコートで邸《やしき》の中へ戻《もど》りつつ、兄妹《きょうだい》はそんな会話を交わした。

ちなみに、正門の前で皇室御一家《ごいっか》の還御《かんぎょ》を待っていた人々は、公爵家の美貌《びぼう》の兄妹にも感嘆《かんたん》の声を上げていたのだが、二人とも自分たちへの歓声《かんせい》にはまったく気付いていない。自分への賞賛にはとんと気付かない、妙《みょう》なところで似た者兄妹である。

「閣下、お嬢様《じょうさま》、お茶をご用意いたしました。しばしご休憩《きゅうけい》ください」

「ああ。グラハム、お前もご苦労だった」

「なにもかも順調で、素晴《すば》らしい仕事ぶりでしたことよ」

執事《しつじ》のグラハムをねぎらい、二人は正面玄関《げんかん》から近い小振《こぶ》りな談話室に入る。そこには従僕のイヴァンとメイドのミナが待っていて、それぞれの主人に紅茶を淹《い》れた。

「お兄様がおっしゃった通り、気さくな方々であられましたわ。終わってみれば、楽しいひときでございました」

「皇后陛下とは、ずいぶん話が弾《はず》んでいたな」

「興味深いお話を、たくさんうかがいましたの。陛下はとっても素敵《すてき》な方ですのね。お母様とお年が近いせいか、慕《した》わしい気持ちになりましたわ」

「……そうか」

アレクセイは柔《やわ》らかく微笑む。

「皇帝陛下も、ご機嫌麗しくお話しになっておられましたわね」

「ああ、昔から良くしてくださる。まだ皇太子であられた頃《ころ》は、ミハイル殿下《でんか》のもとへよくお出《い》でになって、皆に勉強や剣術《けんじゅつ》を教えてくださることもあった」

陛下……いいお父さんだったんだなあ。皇子がいい子に育つわけだ。

しかしうちの親父《おやじ》は働かないタラシ、マグナさんちも皇城に初めて来た息子をほっぽって泣かせるって、ダメ父親の気配濃厚《のうこう》……。

小さい頃のお兄様は、陛下が、いや当時は皇太子殿下だけど、あの方がお父様だったらいいのに、なんて思ったりしたのかな。ウラジーミル君も。

「ミハイル様がお話しになったお小さい頃のウラジーミル様のこと、意外でしたわ。以前は、あまり感心できない方のようにうかがいましたけれど」

「……」

アレクセイは視線を落とす。何か、迷っている風だ。

「あの、お兄様。無理にお話しくださることはございませんのよ」

「いや……無理というわけではない。出会ったばかりの頃は、ウラジーミルは確かに気の優《やさ》しい子供だった。人見知りではあったが、私にはなついてきたな。弟とはこんな感じかと思った。そして頭脳明晰《めいせき》で、記憶《きおく》力はきわめて優《すぐ》れていた。七歳やそこらで、アストラ古典の詩文をすらすらと暗唱したものだ。……だがお祖父《じい》様が亡《な》くなってしばらく会えず、再会した時には、話しかけても返事もしないで去って行くようになっていた。それからしばらくして」

言葉を切ってアレクセイは苦い顔をした。

「どういうわけかウラジーミルは、お父様とたびたび行動を共にするようになった」

は？

「あの、お父様とは……わたくしたちのお父様、アレクサンドル・ユールノヴァ、ということですの？」

「そうだ」

そうですね、他にお兄様が私にお父様と言う相手はいませんよね。しかし。

なんでやねん！

元祖正統派でもう一回つっこむぞ、なんでやねん親父！　実の息子であるお兄様はほったらかしだったの知ってるぞ！

その父親がよその子連れて歩くって、お兄様がどれだけ大人びてたとしても、感情的にしこりになるわ！

いや待てよ……あの親父って。名うてのタラシで遊び人やろ？　そういう人の行動範囲《はんい》って、プロフェッショナルな女性のいるお店とかカジノとか……？　それ、子供連れてっていいところなの？

「人から聞いた話にすぎないが、子供には不適切な場所にいることもあったようだ。それでウラジーミル自身も、悪い噂《うわさ》が立つようになった。その、淑女《しゅくじょ》が聞くべきことではないから、場所の説明はできないが」

「はい、お兄様がそのようにご判断されるのでしたら、わたくしうかがいませんわ」

すいません、だいたい想像ついちゃってすいません。

しかしなんなんだ親父。しっかりした息子《むすこ》には怒《おこ》られる悪い遊びに、よその子を付き合わせて面白《おもしろ》がってた……とか？　それ、あの子がいくつの時なんだ……事実だったらそれもある種の虐待《ぎゃくたい》だぞ。

「そもそもお祖母《ばあ》様が、マグナの先代と親しかったんだ。お祖母様の母である先の皇太后陛下が、ユールマグナの出身であられたからね。ユールマグナの先々代は、孫である先帝《せんてい》陛下とお祖母様にかしずくように仕えたそうだ」

えーと、親しかったマグナの先代っていうのはクソババアの伯父《おじ》か。で、ババアのお祖父ちゃんであるユールマグナの先々代が、ババアをちやほやして甘やかしたってことだな。それが原因であんな性格に育ったんじゃ……。

いや、同じようにされた先帝陛下は穏和《おんわ》な方だったというから、結局本人の資質だよ、うん。

「だからお父様も、マグナの当代当主ゲオルギーと昔から親しかった。お父様とお祖母様が亡くなるまでの数年、ゲオルギーは頻繁《ひんぱん》にお祖母様のもとを訪《おとず》れてきたものだ。お祖父様が亡くなられた途端にいろいろなことが変わったが……あれはそのひとつだった」

ああああ……。

家族の中で唯一《ゆいいつ》愛情をかけてくれた、尊敬するお祖父様を喪《うしな》って、お兄様はさぞ悲しくて寂《さび》しかっただろうに。

途端にクソババアが好き放題始めて、よそのおっさんが家にしじゅう入り込むようになって、友達だと思ってた子は口もきかなくなって、自分に見向きもしない父親に連れ歩かれてるって……。

すごく孤立感《こりつかん》があったんじゃないだろうか。自分の家が自分の家ではなくなってしまったみたいに。

これは、無理だわ。許せる話じゃない。

すいません。BLフラグとかアホなこと考えてすいません。予想を超《こ》えて根深い話でした。

思わず、エカテリーナは兄の手を取って両手で握《にぎ》る。

「お兄様……お寂しいことでございましたわね。そのような中で、まだ子供でいらしたお兄様がこのユールノヴァを守るために闘《たたか》ってこられたとは、なんとご立派だったことでしょう。わたくし未熟な身でございますけれど、これから精一杯《せいいっぱい》お兄様をお支えいたします。お約束いたしますわ」

アレクセイは目を見開き、そっと妹の手を握り返した。

「私は幸せだよ、エカテリーナ。天がお前という賜物《たまもの》をくださったからね。美しく優しい、私の貴婦人」

「……いやそんな大層なもんじゃないんです。すいません、前世からの追っかけみたいな奴《やつ》ですいません～。

「エカテリーナ」

「はい、お兄様」

「お母様は……どんな方だった？」

エカテリーナは思わず息を呑《の》んだ。

兄から、母について尋《たず》ねられたのは初めてだ。母の死について謝罪されたことはあったが、それ以後は、まるで避《さ》けているかのように母のことは話題にならなかった。

イヴァンとミナが一瞬《いっしゅん》目を見交《みか》わす。そして一礼し、そっと下がっていった。

……お兄様が、お母様やお父様という言葉を使うと、少し違和感《いわかん》がある。お兄様なら違《ちが》う言い方をしそうだから。それは、たぶん私に合わせてのこと。私がお母様と言うから、お兄様も同じ言い方をしているのだろう。

だって、お兄様は一度たりともお母様に、直接呼びかけたことがない。お母様のいまわの際《きわ》に、朦朧《もうろう》としていたお母様に夫と間違《まちが》えられて、父親のふりをしてアナスタシアと優しく呼んだ、あの時を別として。

の貴婦人」

お兄様は、母を呼ぶべき言葉を知らない。

こみあげそうになったものを振《ふ》り払《はら》い、エカテリーナは口を開いた。

「そう、ですわね。お母様は――」

エカテリーナの、幼い頃《ころ》の記憶を呼び起こす。

「お綺麗《きれい》で、淑《しと》やかな方でいらっしゃいましたわ。皇后陛下はお母様のことを、貴族令嬢《れいじょう》の鑑《かがみ》のような方とおっしゃってくださいましたの。今思い起こしましたら、本当にそう。もの静かで、お優しくて……。そう、刺繍《ししゅう》がお好きでしたわ。いつも、サンルームで針仕事をしておられました。絵を描《か》くのもお好きで、それから、ピアノがお上手でしたの。小さい頃はよく、お母様が弾《ひ》いてくださるピアノに合わせて、教えていただいたお歌を歌ったものでしたわ」

そう、小さい頃は。

ピアノは、いつの間にかなくなってしまった。

刺繍は……糸も針も、お母様が愛用されていた優美な裁縫《さいほう》箱ごと消えてしまった。絵の具も、筆も……。

楽しみをすべて奪《うば》われ、どんどん暮らしは悪くなって、お母様はそれでも娘《むすめ》に優しかったけれど……鬱々《うつうつ》と過ごすようになり、やがて体調を崩《くず》して寝込《ねこ》むようになっていった。

「時々……お兄様のことをお話しになりましたのよ。あなたにはお兄様がいるのよ、きっと素《す》敵《てき》な紳士《しんし》になっているわ……と。お母様のお声は、お優しくて上品でしたわ」

嘘《うそ》じゃない。確かにお母様は何度もそう言った。

ただ、幼い娘にお母様が繰《く》り返し話してくれたことは。

『あなたのお父様は、それはそれは素敵な方なのよ。美しい凛々《りり》しいお顔立ちで、背が高くて、勉強も運動も優秀《ゆうしゅう》なの。何よりとても優《やさ》しい方で、うっとりするような素敵な言葉をたくさんかけてくださるのよ。あの頃の魔《ま》法《ほう》学園では、あの方に憧《あこが》れない女性は一人もいないほどだったわ。嫁《とつ》ぐお相手と知った時には、夢かと思ったものよ。今はお会いできないけれど、良い子にしてお待ちしていれば、きっと迎《むか》えに来てくださるわ。

そうそう、あなたにはお兄様がいるのよ。きっとお父様のような、素敵な紳士になっていることでしょう』

生まれてすぐに引き離《はな》された息子《むすこ》のことを、あまりイメージできなかったのだと思う。それより、憧れだった夫への恋心《こいごころ》の方が強かった。

今にして思う。お祖《じ》父《い》様は息子の嫁《よめ》に、公爵《こうしゃく》領ではなく皇都に住むよう勧《すす》めたんじゃないだろうか。そうすれば周囲の目もあるから、あまりに横暴な真似《まね》はできなかったはず。

けれどお母様は、それを断ったのだろう。妻として、夫の近くで、夫が自分のもとへ帰る日を待つと。お母様は憧れの人に恋《こい》する乙女《おとめ》であり、従順に夫を信じて従う貴族女性の鑑でもあった。

……そしてあのクソ親父《おやじ》はお母様のもとへ帰らなかった。

寝たきりになってからのお母様は、もう夫の話をしなくなった。そのかわり娘に、皇后になってと望むようになった。そして最後に、初めて会ったお兄様を夫と思って亡《な》くなった。

まるで『浅茅《あさじ》が宿』だ。雨月物語《うげつものがたり》。戦乱の中、夫を待ち続けた妻。すべてを失った夫がついに帰り、妻と一夜を過ごした翌朝。目覚めてみると家は朽《く》ち、自分を迎えたはずの妻は墓に葬《ほうむ》られていた……という話。

もしもお母様が、貴族女性の鑑でなかったら。たとえば皇后陛下のような、強い女性だったら。姑《しゅうとめ》に立ち向かって、家族で暮らすことができていただろうか。

でも、お母様がもっと強ければ……と言うのは簡単だけど、実際には酷《こく》だとわかっている。

二十一世紀の日本とは違う。貴族女性は結婚《けっこん》相手を自分で選ぶことも許されない、自力で働いて生活するなんて選択肢《せんたくし》はない。それがこの世界。皇后陛下はきっと、多くの批判にさらされ、それでも自分を曲げなかった稀有《けう》な女性だ。

わかっているけど……ただ。

お兄様に話してあげられることが、もっとあればよかったのに。

お母様はお兄様のことをいつも想《おも》っていましたよ、と言ってあげられるならよかったのに。ささやかだけど平穏《へいおん》な暮らしをしていました、楽しみもそれなりにありました、だからお母様が不幸に亡くなったと思って苦しむことはないんです。そう、言ってあげられるならよかったのに。

嘘でもそう言ってしまいたいけれど、きっと、聡《さと》いお兄様には解《わか》ってしまう。そして、少し無理をして、その嘘を喜ぶふりをしてくれる。

そんなことをさせちゃいけない。私はお兄様に嘘を言っちゃいけない。なんとなく、そう思う。

「エカテリーナ……すまなかった。辛《つら》いことを訊《き》いた。もういい、だから泣かないでくれ。私が悪かった」

泣いてなんかいないのに。

そう思ったけれど、抱《だ》きしめられて初めて、自分が涙《なみだ》を流していることに気付いた。

ああ、十五歳のエカテリーナが泣いている。久しぶりに少し分裂《ぶんれつ》している。

「……辛いことなど、ございません。わたくし幸せですわ。お兄様がいらっしゃるもの、わたくし、とても、幸せですわ」

「ありがとう。私も幸せだ、お前がいてくれるから。優しい、私の女神《めがみ》。私の夜の女王。お前が泣けば、星々も悲しんで流れて墜《お》ちてしまうだろう。だから、どうか泣かないでくれ」

囁《ささや》く兄の身体《からだ》にエカテリーナは腕《うで》を回し、抱きしめた。兄は母の話を聞いて、きっと悲しかったはずだから。どんなに大人びていても、この人はまだ子供なのだから。お祖父様が遺《のこ》したものを守るために、わずか十歳の頃から独り闘ってきた、あまりに健気《けなげ》な子供だったのだから。

十七歳と十五歳。

広大な公爵領、莫大《ばくだい》な富、四百年の歴史ある名家を背負う、二人きりの子供。

互《たが》いに慰《なぐさ》めあう兄妹《きょうだい》を、今生の自分から離れて虚空《こくう》にたたずむ、二十八歳で死んだ女がひっそりと哀《あわ》れんでいた。

～挿入話～　ユールマグナの水仙

皇都ユールマグナ公爵邸《こうしゃくてい》。

三大公爵家、いや皇都に邸《やしき》を構える有力貴族すべての中で、ユールマグナの邸は最大規模の広大さを誇《ほこ》る。敷地《しきち》内に大規模な騎士《きし》の宿舎と鍛錬《たんれん》場、そして、アストラ帝国《ていこく》の稀覯本《きこうぼん》については皇国屈指《くっし》の蔵書数を保有する図書館を有しているためだ。

建国後の皇国初期、ユールマグナは豊かだった。所領は東方の広大な平原と湖沼《こしょう》地帯。平原には当時から農地が広がっていた。

建国の父ピョートル大帝《たいてい》は、末の弟であるユールマグナの開祖パーヴェルに、統治が容易な領地を与《あた》えた。卓越《たくえつ》した軍事の才能でたびたび兄の危機を救ったことへの褒賞《ほうしょう》、そして内政がさほど得意でない弟への配慮《はいりょ》だったろう。

パーヴェルは感激し、大帝への忠誠を新たにした。その感謝を子々孫々まで伝えるべく、家《か》訓《くん》を残した。

ユールマグナ家が続く限り、軍事軍略をもって皇室を支えること。

また、武芸のみに偏《かたよ》ることなく、古代の叡智《えいち》に学び人間性を磨《みが》くこと。

その家訓ゆえに、ユールマグナは建国当時の大騎士団を維持《いじ》し続けている。開祖が創設したアストラ帝国研究機関も。

それらに必要な資金は、広大な農地を有する所領が生み出していた。

それから、約四百年が過ぎた。


ウラジーミルが当主の執務室《しつむ》に入ると、父ゲオルギーは執事《しつじ》に向かって何かをがなり立てているところだった。

「お呼びですか、父様」

「おお、ウラジーミル！」

息子《むすこ》へ向き直り、ゲオルギーは咆えるような声を上げる。か細い息子の倍もありそうな筋骨たくましい身体が、わなわなと震《ふる》えていた。

「あの若造、アレクセイが、また貴婦人の側仕《そばづか》えを解雇《かいこ》しおったそうだ！　ほんの子供の頃からふてぶてしい奴《やつ》だったが、どこまで不敬なのだ。貴婦人がおいたわしくてならん！」

ゲオルギーが『貴婦人』と呼ぶのはもちろん、アレクセイの祖母アレクサンドラだ。

「近頃《ちかごろ》はノヴァもセインも、皇室を軽《かろ》んじる態度が目にあまる。まことの忠誠を保っているのは我がマグナのみ。このような風潮を、我が家が正さねば……」

「それでまた、その解雇された側仕えが、雇《やと》ってほしいとやってきたのですか」

父親の演説を、冷めた声でウラジーミルがさえぎる。む、とゲオルギーは苛立《いらだ》ちを見せたが、うなずいた。

「そうだ。なんとかしろ」

「どうなさりたいのです。雇い入れたいのですか」

すると、ゲオルギーは驚《おどろ》いたように目を見開いた。

「ばかな！　そもそも、その側仕えが生きておることが問題だ。なぜそいつは、貴婦人が身罷《みまか》られた時に殉死《じゅんし》しなかったのだ。不忠のやからではないか。そのような者を雇い入れるなどあり得ん！」

「わかりました。ではそう申し伝えさせましょう――ザハール、いいな」

「はい、承知いたしました」

執事のザハールが一礼する。

が、ゲオルギーはちっと舌打ちした。

「殉死もできんなら、せめて主人の仇《あだ》を討《う》てと伝えろ。貴婦人を殺《あや》めたあの若造に一太刀《ひとたち》浴びせたなら、不忠に目をつぶってやってもよかろう」

「父様」

「ふん。未《いま》だに誰《だれ》一人真実に気付かんが、わしの目は誤魔化《ごまか》せんぞ。お元気だった貴婦人が突《とつ》然亡《ぜんな》くなるなど、不自然だろうが。貴婦人だけではない、アレクサンドルとて、事故というが詳細《しょうさい》は何も聞こえてこない。あの冷酷《れいこく》なアレクセイが、親殺しの大罪を犯《おか》したのだ。わしにはわかる」

「父様……まだそのようなことをおっしゃるのですか」

ウラジーミルの声音《こわね》は冷ややかだ。

「アレクセイがアレクサンドラ様を害したとは考えられません。なぜなら、アレクセイはわざわざ願い出て、あの方のなきがらを皇室の霊廟《れいびょう》に埋葬《まいそう》したからです」

本来なら降嫁《こうか》したアレクサンドラの遺骸《いがい》は、嫁《とつ》ぎ先であるユールノヴァ公爵家の霊廟に葬《ほうむ》られるべきだった。しかしアレクセイは、最期《さいご》まで皇女としての誇りが何より大切だった祖母だからと、皇室の霊廟に葬るよう願い出た。それに、皇帝《こうてい》コンスタンティンも勅許《ちょっきょ》を与えたのだ。

アレクセイは、自家の霊廟に眠《ねむ》る祖父の傍《かたわ》らに、祖母を置きたくなかったに違《ちが》いなかった。

「遺体は最大の証拠《しょうこ》です。もし害したなら、なんらかの痕跡《こんせき》が残る。もしアレクセイが罪を犯したなら、アレクサンドラ様をノヴァの霊廟に埋葬したことでしょう。弱点を自ら手放すような真似《まね》をする人間ではありません」

「……痕跡など残らない場合もあるだろう」

ゲオルギーの声は低く、どこか笑いを含《ふく》んでいた。

ウラジーミルの目が、父親を見る。灰色がかった緑のはずが、今は鮮《あざ》やかな緑だ。そこに宿る、光。

「なんの話です」

「う、あ……いや」

息子《むすこ》から目をそらしたゲオルギーだが、ちらりと視線を戻《もど》す。

だがその時にはウラジーミルは、視線を執務机に向けていた。

「仕事が進んでおられないようですね」

ユールマグナ代々の当主が使ってきた、高価な黒檀《こくたん》の巨木《きょぼく》から作られた大きな執務机の上に、書類が山と積まれている。

ゲオルギーはたちまち癇癪《かんしゃく》を起こした。

「うるさい！　お前に何がわかる、どれもこれも金の話だ！　あれに金がかかる、これに金が要《い》る、領民が税を払《はら》わんと……つまらん話ばかりで息がつまる！　誇り高き我がマグナの、借金の話など見たくもないわ！　こんなもの、お前がどうにかしろ！」

「署名さえしていただければいいようになっています。——側仕えの件を片付けてきますので、失礼。ザハール」

「はい、若。閣下、失礼いたします」

さっときびすを返したウラジーミルを追って、あわてて一礼した執事が執務室を出る。

何かを壁《かべ》に投げつけたらしい、鈍《にぶ》い響《ひび》きが追ってきた。

執務室を出たウラジーミルは、ふうと息をついた。

(父様はいつもああだ)

あれで、父は無能ではない。騎士団からの支持は高く、アストラ研究の学も修め、うるさい分家の抑《おさ》えもできる。膨《ふく》れ上がったユールマグナをともかくも纏《まと》めることができるのは、父ゲオルギーくらいだろう。

しかし、好き嫌《きら》いが激しく思い込みで決めつける、危険なまでの独善性がある。

そして、その場の雰囲気《ふんいき》で物事を安請《やすう》け合いする悪癖《あくへき》もあった。おそらく父は、アレクサンドラの葬儀《そうぎ》ででも、側仕えの者たちに困ったらわしを頼《たよ》ってこいと胸を叩《たた》いて見せたのだろう。実際に頼られても何もする気はないが、自分の口からそう言うのは体裁《ていさい》が悪いから、他《ほか》の者に対処させたいのだ。そういう人だ。

「若、ご気分が優《すぐ》れませんので？」

ザハールが心配げにウラジーミルを見る。髪《かみ》も眉《まゆ》も白くなり、身の丈《たけ》さえ小さくなった、もう七十歳を超《こ》えた老執事だ。すでに主な仕事は後継《こうけい》に引き継《つ》いでいるが、ウラジーミルに関することだけは自分がと、老骨に鞭打《むちう》って仕え続ける忠義者だった。

「解雇された側仕えなど、じいが追い払ってまいりましょう。少しお部屋でお休みなさいませ。

せっかくの休日に働きづめなど、おいたわしい」

「休日しかできないからな。いっそ学園に執務室を構えて、毎日片付けられたらいいだろうが……」

アレクセイがしているように。

学園に入学するや、公爵領統治の業務のためにと学園内に執務室を借り受けた話は、一部では有名だ。まだ父親アレクサンドルが公爵であった頃《ころ》に、堂々とそれをやった。公爵領の実務を担《にな》っているのは、実質的な公爵は、自分だと知らしめる行為《こうい》であったのだ。

息子がそう出ても、平然と放蕩《ほうとう》を続けたアレクサンドルは、いっそ天晴《あっぱ》れとさえ言えるかもしれない。

だが、父ゲオルギーはアレクサンドルとは違う。やりたくない仕事からは目をそむけるため、回らない業務に困り果てた部下がウラジーミルを頼り、裁可を息子が下す状況《じょうきょう》になっているのは事実だ。しかしそれを外部へ露《あら》わにすれば、公爵は自分だ、自分がユールマグナの全《すべ》てを握《にぎ》っているのだと怒《いか》り出すだろう。

父が嫌う資金《しきん》繰り関係の処理は、増えていく一方だというのに。

「具合が悪いわけじゃない。だが、側仕えの件はまかせる。少し調べ物があるから、図書館へ行きたい」

「はい、お任せくださいませ。しかし、図書館はまだ冷えましょう。ご本ならじいが持ってまいりますゆえ、お部屋で暖かくお過ごしなさいませ」

「調べたいのは貸出禁止の書物だ。お前には持ち出せないよ」

「ではせめて、上着をお持ちください。じいがすぐに持って参りますゆえ。それに、薬湯《やくとう》をお飲みになったほうが。昼食をお取りにならなかったのでしょう、何か口に入れるものもお持ちいたします」

どこまでも過保護な老爺《ろうや》に、ウラジーミルはついに苦笑《くしょう》する。

「上着は持っていく」

「薬湯もお持ちいたします」

「……わかった。回廊《かいろう》で待っている」


公爵家の邸《やしき》と図書館とをつなぐ回廊にたたずんで、ウラジーミルは庭園を眺《なが》めた。

ユールマグナの花は水仙《すいせん》。冬の終わりから春にかけての季節が、この庭園の最盛期だ。さまざまな種類の水仙が一面に咲《さ》き乱れ、清冽《せいれつ》な香《かお》りが満ちる。花で公爵家の紋章《もんしょう》を描《えが》く一角、皇国の国旗を描く一角があり、ここにしかない貴重な品種も多い。

しかし今は、青々と葉が茂《しげ》るばかり。皇室御一家《ごいっか》をお迎《むか》えする日のために、この庭園はただ水仙を咲かせるための場所になっている。他の季節には、見るべきものなど噴水《ふんすい》くらいしかない。

そして、この庭は静かだ。鳥のさえずりも、虫の羽音もしない。水仙の葉を鳥がついばむことも、虫が食うこともほとんどない。

なぜなら、水仙は毒草だから。

花も葉も、すべての部位に毒がある。特に球根の毒は強い。食べれば人が死ぬ。

皇国には水仙にまつわる伝説がある。

水仙の精は美しい女性であったが、心変わりをした恋人《こいびと》に別れを告げられた時、黄金の盃《さかずき》を差し出して最後に酒を酌《く》み交《か》わしたいと望んだ。実はその盃は水仙の花の中心にある黄色の副《ふく》花冠《かかん》で、二人は水仙の毒で共に死んだという。

一途《いちず》な愛を意味する花ではあるが、水仙を恋人に贈《おく》ることは忌避《きひ》される。一途な、死の愛の花だ。

庭園から目をそらし、ウラジーミルはふと北を見やる。

この季節、ユールノヴァの庭はさぞ美しいだろう。

アレクセイに初めて会ったのは、皇城の階段の陰《かげ》だった。

皇子殿下《でんか》の遊び相手を務めるようにと皇城へ連れて行かれたが、知人を見つけた父親に自分で殿下のところへ行けと言われ、置いていかれたのだ。

誰《だれ》かに行き方を訊《き》けばいいだけだと、わかっていた。それでも悲しかったのは、父にとって自分がこんなにもどうでもいい存在だと思い知らされたからだ。父の意に沿わない身に生まれた自分が悪いのだとあの頃は思っていて、棄《す》てられたように心細かった。だから、階段の陰に隠《かく》れて泣いていた。

『どうした』

声をかけられて、見つかってしまったと怯《おび》えた。けれど、それは子供の声だった。

水色の髪、水色の瞳《ひとみ》、きれいな顔立ちの年上の少年。水色の瞳の光が強くて、驚《おどろ》いたことを覚えている。こんなに印象的な瞳は、初めて見たと。

『僕はアレクセイ・ユールノヴァ。君は』

『僕……ウラジーミル・ユールマグナ』

『ウラジーミル。マグナの子なら、君もミハイル様を訪ねて皇城に来たんだろう。どうしてこんなところにいる』

有無《うむ》を言わせない強い口調で言われて、返事に困った。父親に置いて行かれたと言ったら、父親の恥《はじ》になることを知っていた。

『……初めて来たんだ』

そう言ったら、迷子になったのか、と向こうで納得《なっとく》した。

『ミハイル様はあちらにいらっしゃる』

と言って、アレクセイは歩き出そうとする。泣き顔のウラジーミルは、階段の陰から出たくなくてためらった。

するとアレクセイは振《ふ》り返り、じっとウラジーミルを見た。

『僕、怖《こわ》いか』

『え？』

『時々、怖いとかきついと言われる。嫌《いや》な目の色だとか。僕が嫌なら、他の誰かを呼んでくる』

のちにウラジーミルはその言葉を言ったのが誰かを、よく知ることになる。

しかしこの時は、アレクセイの瞳の色をしばし見つめて、ふと思い出した通り口にした。

『空の青のみを映す山上の湖に
神殿《しんでん》は沈《しず》みたり。
澄《す》み冴《さ》えたる湖の淡《あわ》き青、
水面《みなも》の陽《ひ》に煌《きら》めくことつるぎのごとし』

さすがに、アレクセイはきょとんと目を見張った。

『なに？　それは』

『アストラ帝国《ていこく》時代の詩だよ。紀行詩人トーレスが「神々の山嶺《さんれい》」で見つけた、いにしえの神殿を詠《よ》んだ詩なんだ。君の目の色、淡い青できらめく剣《つるぎ》みたいだから。僕、君の目の色はとてもきれいだと思う。詩人が見たら詩に詠むくらい、きれいだと思う』

すると、アレクセイは気恥《きは》ずかしそうに微笑《ほほえ》んだ。

『詩に詠まれたくなんかない。でも、ありがとう。君、そんなのすらすら言えてすごいな。僕が嫌じゃないなら、ミハイル様のところへ連れていってあげる』

そしてすいと手を差し出して、ウラジーミルの手を取った。

ウラジーミルは目を丸くした。手を握られたのは、知らない誰かに触《ふ》れられたのは、初めてだったので。

本当は、振り払《はら》うべきだった。触れようとする者にはそうするよう、教えられて育った。けれどあの時、きらめく剣のような目に柔《やわ》らかい笑《え》みをたたえた少年の手を、ウラジーミルはおずおずと握り返したのだ。

手を引かれて階段の陰から出ながら、そんな自分に怖気《おじけ》づいてまた涙《なみだ》がこぼれてきた。

『泣き虫だな、君は』

アレクセイはからかうように言ったけれど、その声は優《やさ》しかった。

——空の青のみを映す山上の湖。

それを思わせるほど、まだ幼かったあの頃から、アレクセイはどこか近寄りがたい、峻烈《しゅんれつ》な孤高《ここう》の雰囲気《ふんいき》があった。年齢《ねんれい》の近い子供たちから、遠巻きにされるほどに。

けれど、いったん懐《ふところ》へ入れた相手には、限りなく優しいのも彼だった。

仲良くなって、互《たが》いの家を行き来していた頃《ころ》、薔薇《ばら》の庭園を案内する時アレクセイはいつもウラジーミルの手を引いた。迷子にならないようにと。初めて会った時も迷子だったわけではないのだけれど、ウラジーミルはそれを言わなかった。アレクセイが手を差し出して、手を取る相手は自分だけ。それが、とても、嬉《うれ》しかったから。

……思い出すたび、胸は鉛《なまり》のように重く痛む。

まだ、泣くことも笑うこともできた頃。あまりにも遠い日々。

七年前、九歳の時、生と死の境をさ迷いながら、声が嗄《か》れ果てるまで届かない謝罪を言い続けた。泣いて、泣いて、泣いて、涙も涸《か》れて、あれから一度も泣いたことはない。

突然《とつぜん》自分が態度を変えて、アレクセイはどんなに傷ついただろう。けれど、何もなかったように以前通り話すことなど、できはしなかったのだ。

重くため息をついて、ウラジーミルは庭園に視線を戻《もど》す。

かつてユールマグナが豊かだった頃は、水仙の季節が終われば全《すべ》ての花を植え替《か》えたそうだ。だが、今のマグナにその余裕《よゆう》はない。

最初から豊かだったのが、仇《あだ》になったのだろう。代々の当主は農地を広げることや収穫量《しゅうかく》を増やすことに、そもそも内政に関心を持たず、武芸や学問に打ち込んだ。ユールノヴァが最初は資源があっても農地がなく、代々開墾《かいこん》に力を入れたのとは対照的に。

建国時に比べ、現在のユールマグナ公爵領《こうしゃく》の収入が下がった訳ではない。だが、収入に比較《ひかく》して支出が膨《ふく》れ上がっている。

開祖パーヴェルの理想は高邁《こうまい》だった。建国当時の事情から考えれば、軍事軍略をもって皇国に仕えよとの家訓は当然でさえあったろう。しかし時代は変わる。時代に応じて変化することが、ユールマグナにはできなかった。

騎士団《きしだん》もアストラ研究機関も、今では既得《きとく》権益の塊《かたまり》だ。主要な役職は能力の有無にかかわらず世襲《せしゅう》で引き継《つ》がれ、業者と癒着《ゆちゃく》して巨額《きょがく》の費用を食いつぶしている。内部の権力闘争《とうそう》に明け暮れているが外敵には団結し、何度か試みられた改革には激しく抵抗《ていこう》して逃《のが》れ切った。

父ゲオルギーが騎士団に支持されているのは、改革や規模縮小を考えていないからだ。

騎士団にも、研究機関にも、心ある者が現れない訳ではない。しかし、壁《かべ》の厚さに力尽《ちからつ》きて去ってゆく。

『ユールマグナは巨人《きょじん》です。頭と拳《こぶし》が膨れ上がった歪《いびつ》な巨人。歪《ゆが》んだ身体《からだ》を引きずってようやく這《は》っている有様なのに、自分では気付いていない』

そう言ったのは、アナトリー・マルドゥだった。マグナの分家に生まれ、アストラ研究者として充分な能力を持っていたアナトリーだが、横行する腐敗《ふはい》に目をつぶることができず、闘《たたか》って弾《はじ》き出されていった。

『ウラジーミル様の代には、ユールマグナを改革なさるでしょうか』

そう問われて、ウラジーミルは首を、横に振った。

アナトリーはそれを、改革する意志がないと受け取っただろう。あるいは、改革などできるはずはないという諦《あきら》めと。

彼は知らない、そんな日は来ないことを。

庭園には五月の陽光。ウラジーミルは考える。

ユールマグナ公爵家は、いつ、滅《ほろ》ぶのだろう。

そして自分は、ウラジーミル・ユールマグナは、いつ……死ぬのだろう。

第三章　試験結果

「フローラ様、お急ぎになって」

「はい、エカテリーナ様。でも、そんなに急がなくても」

令嬢《れいじょう》として可能な限りの早歩きで、玄関《げんかん》ホールへの廊下《ろうか》を進むエカテリーナに付き合いながら、フローラは笑っている。

「初めての試験結果ですもの。気になりますの」

「貼《は》り出されるくらい、良い点が取れているといいですね」

「フローラ様なら大丈夫《だいじょうぶ》ですわ！」

そう、本日は学園に入学して初めての試験結果が発表される日。乙女《おとめ》ゲームの大事なイベント。

うまくいっていれば、フローラちゃんが一位、皇子が二位のはず。これで皇子からのロックオンが完了《かんりょう》して、いろいろちょっかいをかけられたり、のちの舞踏会《ぶとう》でパートナーとして誘《さそ》われたりする、はず。

……なんかもう公爵家のほうのイベントがインパクトありすぎて、乙女ゲームのイベントが頭から飛びそうなんですけどね……。でも公爵家の皆《みな》さんのためにも、破滅《はめつ》フラグは絶対回避《かいひ》だー！

「答え合わせでエカテリーナ様とほとんどの解答が同じでしたから、きっと似た結果ですね」

「そうでしたら嬉しゅうございますわ」

試験成績の上位十名までは、放課後に名前と順位が玄関ホールに貼り出される。フローラちゃんの言う通り、試験の解答を二人で答え合わせしてみたら、ほんのちょっと違《ちが》うだけだった。だから、私もけっこう成績いいかもしれない。お兄様に喜んでもらえるかも！

そんな気持ちもあって、エカテリーナの早足は止まらない。

玄関ホールに着いてみると、試験結果はすでに貼り出されており、一団の生徒たちがそれを囲んでざわついていた。

これを「おどきあそばせ！」とか言って蹴散《けち》らしたら、すごく悪役令嬢だな。とか思いつつ、

エカテリーナはフローラと共に生徒たちの後ろにつく。

と、二人に気付いた生徒たちが、お互いをつつきあって間《あいだ》をあけてくれた。

「まあ、おそれいりますわ。ありがとう存じます」

ありがたく入れてもらって、どきどきしながら一年生の名前を見る。フローラちゃんは一位だろうか。

……ん？

「エカテリーナ様！　おめでとうございます」

はしゃいだ声を上げて、フローラがエカテリーナに抱《だ》きついた。

いや待て。ちょっと待って。なんか変なもんが見えるんですけど。

十位から見直していく。知らない名前が並んでいる。

三位までできて知っている名前にたどり着いた。

三位。ミハイル・ユールグラン。

二位。フローラ・チェルニー。

一位。エカテリーナ・ユールノヴァ。

……。

思わずエカテリーナは脳内に、幻《まぼろし》の相方を召喚《しょうかん》した。ずびし！　と伝統的ツッコミで相方の胸に裏拳《うらけん》を入れる。

なんでやねん！

ツッコミで裏拳っていいのか。

いやそこじゃなく。

私が一位っておかしいだろ。前日に、皇室御一家《ごいっか》の行幸をお迎《むか》えしてたんだよ？

終わった後、学園の寮《りょう》に戻った途端《とたん》また疲《つか》れが出て、試験準備なんかゼロで爆睡《ばくすい》しちゃったんだよ？

　前日だけじゃなく、行幸までの土日は準備で潰《つぶ》れてたし、平日だってついついあっちに気を取られて、勉強に集中できないこともあったし。

　それでもフローラちゃんと解答が近くて、それだけでも自分すげえとか思ってたのに――。

　はっ！　これはもしや！

「フローラ様。職員室へ抗議《こうぎ》にまいりましょう」

「えっ？　抗議、ですか。なぜでしょう」

「わたくしがフローラ様より上の順位など、おかしいですわ。これは、身分についての不適切な操作がなされたためと考えられますの。このようなこと、あってはなりません。正すべきですわ」

　思わず握《にぎ》り拳になったエカテリーナに、フローラは満開の花のように笑った。

「落ち着いてください、エカテリーナ様。操作があったはずはありません」

「いえ！　それしか考えられませんわ」

「でしたら私が二位のはずがありません。だって、三位が」

　あ。

　三位は皇子。私より上の身分。

　そ、そうか。先生方すみません、濡《ぬ》れ衣《ぎぬ》を着せました。

あれ？

ってマジで私が一位⁉

…………。

あああやらかしたー‼

頭《かか》を抱えてうずくまりそうになる自分を、エカテリーナは必死でとめる。

だだだだって！　普通《ふつう》の貴族は五歳から教育を受けるっていうから、やべえブッチギリの最下位になっちゃう！　って危機感ハンパなかったから、必死こいて勉強してきたんだけど！

……今回、定期テストだから出題範囲《はんい》が限られているわけで、入学してから今までに授業で習った範囲内なら、追い付けるっつー話だわ。

教科によっちゃ前世の記憶《きおく》で、周りの子達より先行してたんだわ、私。

そして自慢《じまん》じゃないけど、エカテリーナはお兄様の妹な訳で。記憶力やら理解力やら、ポテンシャル高かったということだ！

わかってなかったよ！　一緒《いっしょ》に勉強してるフローラちゃんも、似たようなレベルだったし！

でも思えばフローラちゃんこそ、前世ボーナスも幼少期からの英才教育もなく一位が取れるはずだった、ポテンシャルの塊《かたまり》だった……。

やべえやらかした！　どうしよう、どうしたらいい⁉

いやでもフローラちゃんも皇子より上の順位だし！　かろうじてセーフ⁉　セーフだよね⁉

うわーん！

「エカテリーナ、フローラ、おめでとう」

ぎゃー、出たーっ！

内心絶叫《ぜっきょう》しつつ、エカテリーナは振《ふ》り返る。もちろんそこには、皇子がいる。

ああっ、すまん！

皇子、正直すまんかった！　気を悪くせんといて！

ビビりまくるエカテリーナ。

しかし皇子は、エカテリーナとフローラに穏《おだ》やかな笑顔《えがお》を向けた。

「二人とも素晴《すば》らしいよ。特にフローラ、慣れない教科もあっただろうに、これほどの結果を出すなんてすごいね」

あ、フローラちゃんを褒《ほ》めた。よかった！　セーフだよかったー！

安心のあまり、キラッキラの笑顔で皇子とフローラを見比べるエカテリーナであった。

フローラは慎《つつ》ましやかに首を振る。

「慣れないからこそやらざるを得なかっただけですから、褒めていただくほどのことではないんです。それに」

悪戯《いたずら》っぽい笑顔になって、フローラはエカテリーナの腕《うで》に腕をからめる。

おおう、可愛《かわい》い。

「エカテリーナ様が毎日寮のお部屋へ呼んでくださって、一緒に授業の予習復習をしているんです。こんな成績が出せたのは、そのおかげです」

「学年一位と二位の勉強会か。それは有意義だね」

笑顔で言った皇子はしかし、順位表へ目をやってふっと嘆息《たんそく》した。

「……恥《は》じ入るね」

すまん。前世ボーナスなんていうズルみたいなもんで君の順位を下げてしまって、ほんとすまん。

でも君は、偉《えら》いよ。

お兄様ほどじゃなくても、忙《いそが》しいよね。公爵家《こうしゃくけ》に来たのも皇室の行事のうちだし、学生でありながら他《ほか》にも役目を担《にな》っていることがいろいろあるはず。それでも、当然自分がトップ取らなければと思ってるんだよね。

皇子だからね。それこそ幼少の頃《ころ》から最高の教師がついて、英才教育を受けてきただろう。それなのに、ぽっと出の女子二人に上を取られて三位になっちゃって。並の十五歳なら、不機嫌《ふきげん》になってあたりまえ。不貞腐《ふてくさ》れたり、いちゃもんつけてきたりしても無理はない。

にもかかわらず、この大人な対応。さすがロイヤルプリンス。

いや、ロイヤルプリンスだからこそ偉いのかもしれない。ちやほやされて、鼻持ちならない勘違《かんちが》い野郎《やろう》になる危険性が高い立場だもの。皇室ほどの身分ではない、その辺の貴族にそういうのがけっこういるくらいだ。フローラちゃんを差別してきた連中とかね。でも皇子は、フローラちゃんにも最初から優《やさ》しかったもんなあ。

きっと、次回は本腰《ほんごし》入れて来るんだろうな。最高の教育を受けてきた、トップをとって当然の立場に生まれた者として。三位になった自分を恥じるほど、その立場に逃《に》げも隠《かく》れもなく向き合ってきたこのプリンスに、ちょっと勝てる気がしないや。

あ……この、ナチュラルにノブレス・オブリージュが身に染《し》み付いているところ、お兄様と同じだ。全然似てないようで、近い立場だけあってやっぱり似てるもんだなあ。

「ミハイル様は、重いお立場にしっかりと向き合っておられて、ご立派ですわ」

エカテリーナが言うと、ミハイルは少し複雑そうに微笑《ほほえ》んだ。

うん、君は本当にいい子だ。

だから、遠慮《えんりょ》なくヒロイン・フローラちゃんに攻略《こうりゃく》されて、とっとと幸せになってくれたまえ！

「エカテリーナ」

かけられた声に、エカテリーナはぱあっと顔を輝《かがや》かせた。

「お兄様！」

試験結果を囲んでいた生徒たちが、すみやかに大きくアレクセイとエカテリーナの間からしりぞいて、道を空けている。まるでモーゼの前に紅海が割れるがごとしだ。さすがお兄様。

アレクセイが腕を広げたので、エカテリーナは遠慮なくそこへ飛び込んだ。

「よく頑張《がんば》った。お前を誇《ほこ》らしく思うよ」

妹を抱《だ》きしめて、アレクセイはいとおしげに言う。

やったー、お兄様に褒められたー！　一位になれてよかったー！

さっきのやらかした気分をどっかのワームホールに放《ほう》り込んで、エカテリーナは舞《ま》い上がった。

「褒めていただけて嬉《うれ》しゅうございます。でも、お兄様の足元にも及《およ》びませんわ」

そう、ちらりと見上げる三年生の順位表。一位、アレクセイ・ユールノヴァ。不動の首席。

「私はそう育てられただけだ。お前の努力の方が価値がある」

アレクセイはあっさりと言う。

やっぱりそういう考え方ですね。育てられた通りにみんなが育つ訳ではない、自分の努力や資質も大きいのに、さらっとこう言えちゃうんだなあ。

ちなみに、二年生の一位はウラジーミル・ユールマグナ。なるほど優秀《ゆうしゅう》。

「君たち兄妹《きょうだい》は本当に仲がいいね」

苦笑《くしょう》するミハイルと、笑顔で見守るフローラ。そして、その隣《となり》になぜかクラスメイトのマリーナ・クルイモフとオリガ・フルールスがいて、なにやらうっとりと胸の前で手を組んでいる。

「マリーナ様、オリガ様。いかがなさいましたの？」

兄から少しだけ離《はな》れてエカテリーナが尋《たず》ねると、マリーナはうふふと笑った。

「お二人が急いで教室を出ていかれたものですから、きっとこちらにいらしたのだと思って見に来ましたの。いつも熱心に勉強していらっしゃいますもの、きっとよい点数を取っておられるとは思っておりましたけど、まさか一位と二位だなんて！　素晴らしいですわ。わたくし達まで嬉しくなりましてよ」

「まあ、恐《おそ》れ入りますわ」

気にしてわざわざ来てくれたのか。ええ子らや。

と、そこへ声がかかった。深みのある、佳《よ》い声だ。

「どうしたお前、ここで何やってる。お前が十位以内になんか入ってるわけないだろうが」

「……あらお兄様」

トーンと温度が二段くらい下がった声で、マリーナが言った。

え、お兄様？

声をかけてきた方を見てみると、見事な赤毛に金色の瞳《ひとみ》、マッチョなスポーツマンタイプの背の高い青年が足を止めてこちらを見ている。

あらまこの人、いつぞやお兄様のクラスに行った時、お兄様の執務室《しつむ》を教えてくれた人だわ。なるほどマリーナちゃんと同じ色彩《しきさい》、運動神経良さそうなところも共通してる。マリーナちゃんのお兄さんだったのか。すると妹同士、兄同士で同じクラスなのかー。

「お、公爵。今回も一位か、すごいな。それに妹君まで。お久しぶり、覚えているかわからんが、ニコライ・クルイモフという」

「お久しゅうございます、もちろん覚えておりましてよ。あの折にはお世話になりまして、かたじけのうございました」

微笑むエカテリーナの傍《かたわ》らで、アレクセイがマリーナを見て笑みを浮《う》かべる。

「こちらが君の妹君か」

「おう、うちの猿《さる》だ」

ははは、とニコライが笑い、マリーナはキーッと怒《いか》りの声を上げた。

「ちょっとお兄様！　今なんておっしゃって⁉　わたくしが猿だったらお兄様なんか大猿ですわよ！　物置小屋をふたつも破壊《はかい》するような馬鹿力《ばかぢから》の大食《おおぐ》らいの大猿魔獣《まじゅう》のくせに、人間のふりして片腹痛いですわ！」

「誰《だれ》が大猿魔獣だ、物置小屋は建《た》て替《か》えるから壊《こわ》せと言われてやったんだろうが！」

でも壊せるんだ。

「お前の令嬢《れいじょう》のふりの方がよっぽど片腹痛いぞ、そんなんでやってけるのか」

「おーほほほ、お母様直伝の『猫瞬間《ねこしゅんかん》五枚かぶり』を会得《えとく》したわたくしに死角はありませんわ！」

「……猫かぶりを人前で言ってどうする」

「はっ！」

マリーナは硬直《こうちょく》する。

うん、ニコライさんナイスツッコミ。

そうかー、マリーナちゃん、猫五枚被《かぶ》ってたんかー。頭上に猫が五匹《ひき》で猫タワー状態かー。

モッフモフやなー。

令嬢の皮を被った社畜《しゃちく》として、親近感が湧《わ》くわ。

ということで、私はボケをかまそう。

「マリーナ様、猫をそんなに飼っていらっしゃいますの？　きっと愛らしいことでございましょうね」

「そ、そうですの！」

エカテリーナの養殖《ようしょく》ボケに、マリーナが素早《すばや》くとびつく。

「わたくしどもは馬の牧場を経営しておりますので、猫は馬房《ばぼう》にたくさん住み着いておりますの。害獣駆除《がいじゅうくじょ》に役立ちますし、気性《きしょう》の荒《あら》い馬も猫とは仲良くなることが多いのですわ」

「猫と馬がお友達になりますの？　なんて素敵《すてき》なこと。そうそう、クルイモフ家の魔獣《まじゅう》馬でしたら、先日拝見いたしましたわ。美しく力強い、素晴《すば》らしい存在でございました」

「まあっ、嬉しいお言葉！　恐れ入りますわ」

エカテリーナの言葉を本気で喜びつつ、なんとか逃げ切った感が漂《ただよ》うマリーナである。皆《みんな》を見回すと、呆《あき》れ顔のニコライ以外は温かい笑顔《えがお》で、マリーナが逃げ切ったことにしてあげるようだ。うむ、一日一善。

しかしクルイモフ兄妹、喧嘩《けんか》するほど仲がいいって感じだな。

エカテリーナは傍らの兄を見上げ、悪戯《いたずら》っぽく微笑んだ。

「お兄様、クルイモフ家のお二方はたいそう仲良しでいらっしゃいますわね。比べますとわたくし達、まだ親しさが足りないように思いますわ。試みに一度、わたくしを猿と呼んでごらんになりませんこと？」

「無理だ」

あっさりとアレクセイは言う。

「お兄様、お諦《あきら》めが早《はよ》うございますわ」

「だが無理だ。私は猿を実際に見たことがないが、南方の森に生息する、樹上に群れで暮らす生き物なのだろう」

うん、ユールグラン皇国には猿は生息していないらしい。南の国々にはたくさんいて、皇国でもペットとして飼われることはあるらしいけど。前世でも猿は熱帯雨林とか暑い所にいるイメージで、ヨーロッパにはほとんどいなかったはず。ニホンザルは寒いところにも生息していて、雪の中で温泉入って猿酒飲んだり（間違《まちが》い）するけど、あれは例外的な存在だった。

アレクセイはエカテリーナの髪《かみ》に触《ふ》れ、ゆっくりと撫《な》で下ろした。

「これほど美しい生き物が群れて暮らす森があるなら、私は公爵《こうしゃく》領など捨ててそこに住むだろう。小さな家でも建てて、そこにすら入らず日がな一日樹上を見上げて、一目姿を見ることを願って暮らすだろうな。だから、お前を猿と呼ぶ訳にはいかないんだよ、私の夜の女王。お前には樹上ではなく、私の傍らに居てほしいからね」

「まあ、お兄様ったら」

今日もシスコンフィルターがキレッキレですね！

「お兄様がそのようなお戯《たわむ》れをおっしゃるなど、珍《めずら》しゅうございますこと」

「私は戯れなど言わない。言えない性質《たち》なんだ」

アレクセイは至って真顔だ。

ニコライがうめくような声を上げた。

「……おい、公爵、ちょっと待て。あんたそんな恥《は》ずかしいこと、すらすら言える奴《やつ》だったのか？」

「おかしなことを言ったか。私はどうも、思うことを言葉にするのが苦手なんだ。自覚している」

「違《ちが》う、むしろうますぎるというか。あんたは自覚がないってことを自覚してないぞ……当たり前か、俺は何言ってんだ」

ニコライが額に手を当てる。

「いやもともとこういう傾向《けいこう》はあったんだけど、最近急激に磨《みが》きがかかってきてて困る。……こんなの真似《まね》しなきゃならないのかな」

ミハイルの表情には珍《めずら》しく焦《あせ》りがあるようだ。

いや皇子、真似してどうする。でも君ならサマになるかもしれないぞ？　君のお父上、皇帝《こうてい》陛下の美辞麗句《びじれいく》スキルはお兄様と張り合うレベルだったし。

だけど君には、今のキャラのままでいてほしいなあ。

なんかオリガちゃん、顔が赤いような。フローラちゃんはいつも通りにこにこしてるけど。

そしてマリーナちゃん、なんで両手で顔を覆《おお》っているのかね。指の間からガン見してるのが丸わかりなんだが。おーい猫が何匹か仕事してないぞー。

あーなんか皆、お兄様のシスコンで動揺《どうよう》させたみたいですまん。

でも私だって、ブラコン極《きわ》めるつもりだからね！

「玄竜《げんりゅう》が去りましてございます」

試験結果が発表された翌日、久しぶりに執務室に現れた公爵領の幹部最年長、森林農業長フォルリがそう言った。

エカテリーナは思わず息を吞《の》む。ユールノヴァ公爵領の森にここ数カ月ずっと居座っていた巨竜、玄竜。人間に変身すれば乙女《おとめ》ゲームの隠《かく》し攻略《こうりゃく》対象、魔竜王《まりゅうおう》ヴラドフォーレンとなる。

それが、ついに動いたという。

(フローラちゃんがイベントクリアしたんだから、皇国滅亡《めつぼう》ルートで皇都に進撃《しんげき》してくるわけじゃないよね。まさか隠し攻略ルートの方で何か動いたとか⁉ ああっ、攻略方法知らんから判断つかない！)

「フォルリ、確かか」

「は、この目で見届けましてございます」

相変わらず古武士然とした白髪《はくはつ》のフォルリは、アレクセイの言葉に日焼けした顔をうなずかせた。

いやフォルリさん、最古にして最強と言われる玄竜が去るのを見届けたって、どこでどう見てたんですか。ほんとにワイルドライフな現場主義なんだから。

と思ったら、フォルリはいきさつを語り始めた。


公爵領で植林の手はずを整えてきたフォルリは、試行ながら最初の対象地区への植林をおこなうところまでこぎつけていた。すべての木を切り倒《たお》して運び出し、切株ばかりが残る状態になっているものの、急斜面《きゅうしゃめん》のため農地にすることが難しく開墾《かいこん》されていなかった地区だ。

玄竜が居座っているため森に入れず、仕事にあぶれている伐採《ばっさい》人たちに、苗木《なえぎ》を植える仕事で日銭《ひぜに》を支払《しはら》い、まずは植林も金になるという印象を与《あた》えることはできた。

今度は植えた木の生長を見守らねばならない。これも仕事にして、伐採ほどの力仕事ができなくなった者が食い扶持《ぶち》を稼《かせ》げるようにするか。そう考えながらフォルリが、六十五歳になっても衰《おとろ》えない健脚《けんきゃく》で苗木の状態を確認《かくにん》して回っていた時だった。

フォルリの妻である森の民《たみ》の長《おさ》も植林には期待しており、現場を見たいと付いて来ていた。

彼女が空を見上げ、言ったのだ。

『竜告鳥《りゅうこくちょう》が見ている』

頭上を見上げると、大きな黒い鳥が上空を旋回《せんかい》していた。鴉《からす》のように全身が黒いが、身体《からだ》の形は猛禽類《もうきんるい》に近い。ユールノヴァの森を知り尽《つ》くしたフォルリも、初めて見る鳥だった。

竜告鳥は玄竜の配下、もしくは分身だと妻は言う。自分が見聞きしたことを玄竜に伝える、斥候《せっこう》のような存在だと。人間たちが見慣れない行動をしているのに気付いて、偵察《ていさつ》に来たのだろう。

まるでその声を聞きつけたかのように、鳥はすうっと高度を下げた。フォルリ夫妻の近くにあった大岩の先端《せんたん》に止まり、じっと二人を見る。

鳥の目はルビーのように赤く光っていた。

そこでフォルリは、竜告鳥に語りかけたのだ。

ここで行っているのは植林というものであること。人間は長年森を伐採してきたが、これからは伐採した跡《あと》に木を植え育て、それを使っていこうとしていること。植えた木が実際に使えるところまで育つには五十年の歳月が必要で、それまでは伐採を続けさせてほしいこと。これはこの地を統《す》べるユールノヴァ公爵の妹君が発案され、公爵閣下が進めるよう命じた施策《しさく》であり、公爵家は森との共存を望んでいること。

貴殿《きでん》、玄竜に敬意を払《はら》い、共存したいと望んでいること。

すると、竜告鳥は——笑った。

人間そのものの声で、呵々大笑《かかたいしょう》した。

そして翼《つばさ》を広げ、大きな羽音を立てて飛び去った。


鳥が飛び去ってしまうと、フォルリはいささか面映《おもは》ゆい気分になった。本当に玄竜に伝わるのかわかったものではない、鳥を相手に大真面目《おおまじめ》に語りかけていた自分の姿は、はたから見れば滑稽《こっけい》なものだったろう。そんな思いで妻に苦笑《くしょう》してみせた、その時だった。

晴れていたはずの空が、翳《かげ》った。

山の天気は変わりやすい、雲が出てきたかと見上げた目に、逆光の巨大《きょだい》なシルエットが映る。

樹上はるかに天へ伸《の》びて陽《ひ》をさえぎる、黒く長大な——玄竜の首。

逆光でもわかる燃えるような真紅《しんく》の目が、フォルリを見ていた。

さすがに息を呑み、フォルリは腹に力を込めて、はるかな高みにあるその目を見返す。

にやり、と真紅が笑った気がした。

『面白《おもしろ》い』

それは、声だったのか。

森に翳《かげ》りが広がる。長大な首の背後に、さらに巨大な翼が広がったのだ。

翼が打ち下ろされる。どよめくような颶風《ぐふう》が巻き起こる。

玄竜が飛び立った。

風が舞《ま》い上げた土埃《つちぼこり》に、フォルリは反射的に目を閉じた。風が止《や》んで目を開けてみると、玄竜はすでに、はるか彼方《かなた》へ飛び去っていた。


(厨二《ちゅうに》心が疼《うず》くエピソードだわー……しかし魔竜王、どこへ行ったんだろう)

「面白い、と奴は言ったのか」

「さようにございます」

アレクセイの言葉に、フォルリはうなずいた。

「いったんは飛び立ちましたが、いずこからか見ておりましょう。我々が本当に森と共存しようとするのかを」

「ふむ。つまりは玄竜が植林を善しとした、ということだな。領民たちに開墾を制限する理由として、わかりやすい。よかろう、ユールノヴァ公爵領《こうしゃく》百年の計を立てよう。これから伐採した跡は、基本的に植林の対象とする。しかし領民の心情に配慮《はいりょ》し、農地に適した場所があれば開墾を許すことも考えよう。ダニールと共に領法化を進めるように」

「御意《ぎょい》」

ダニール・リーガルは、ユールノヴァ公爵家の法律顧問《こもん》だ。皇国の法律と公爵領の領法、フォルリが知る現場の状況《じょうきょう》を考え合わせて、施策を明文化したうえ、違反《いはん》した者をどう処遇《しょぐう》するかなど、細部を考えねばならない。一方的に罰《ばっ》するようでは、領民の反発を招くだろう。

……最古の竜と語り合うっていうファンタジーが、法令化という超《ちょう》現実的官僚《かんりょう》のお仕事に着地しましたー。この世界、竜はファンタジーではなく現実なんだよなあ。

とか思いながら、本日の昼食、具材たっぷり揚《あ》げパンを品良く口に運ぶエカテリーナである。いやこれはお嬢様《じょうさま》といえども、かぷっとかじるしかないのだが。まだ温かくて美味《おい》しい。

これもフローラと一緒《いっしょ》に作ったのだが、フローラは聖の魔力《まりょく》について学ぶため、学園外での特別授業に呼ばれて執務《しつむ》室には不在だ。揚げパンはお弁当としていくつか持っていった。

「ともあれこれで、太陽神殿《しんでん》から特注の黒竜杉《こくりゅうすぎ》は伐採できるな」

「安心しました。あそことの関係は、良好に保っておきたいところですので」

アレクセイの言葉に商業流通長のハリルが応じ、執務室にほっとした空気が流れた。

「お嬢様にご報告です。皇后陛下から『天上の青』のご注文をいただきました。輸入物の生地《きじ》と組み合わせてお使いになるようです。他《ほか》からも少しずつ注文が」

「まあ！　それはようございましたわ」

やったー皇后陛下が採用してくださった！　さぞお洒落《しゃれ》なドレスになるんだろうな。他はデザイナーのカミラさんかしら、本当にお薦《すす》めしてくれたんだ。

悪役令嬢《れいじょう》観光大使、ミッションクリア！　いえーい。

「お前のおかげで難問が片付いた。とても助かったよ」

アレクセイの言葉に、エカテリーナは首を振《ふ》る。

「嬉《うれ》しいお言葉ですわ。ですが、わたくしのしたことなどほんのささいなこと。このたびのことは、お兄様と皆様《みなさま》の優《すぐ》れたお力あればこそですもの」

謙遜《けんそん》でもなんでもなく、マジです。

「他のお家であれば、娘《むすめ》ごときが何か言っても、お取り上げくださらないことでしょう。わたくしの思いつきに耳をお貸しくださり、可能性を見出《みいだ》してくださったのは、お兄様や皆様が偏《へん》見《けん》のないお心の持ち主だからですわ。そして、思いつきをこれほど迅速《じんそく》に形にすることがお出来になったのは、フォルリ様の豊かな経験と周囲からの信頼《しんらい》があったからでございましょう。それがなければ、わたくしの言葉は何の価値もなかったのですわ」

前世でシステム設計をやってましたので、発想を形にすることがどれだけ悩《なや》ましくて手間がかかることかは、解《わか》ってるつもりです。

そして前世の社会人時代、新人が何か言っても聞いちゃあくれない人はざらにいましたよ。この執務室に来る幹部の皆さんが私の言うことにとりあってくれるのって、お兄様がこれほど若くしてこれほど優秀《ゆうしゅう》だからってのが大きいんだろうけど、幹部の皆さんも全員ものすごく有能。有能だから、世の中に出て来て数ヵ月の令嬢の言葉でも、使える場合は使えると判断することができるんだよね。

すごいなユールノヴァ公爵家。いやこの人材はお祖父《じい》様が遺《のこ》したものだから、お祖父様が偉《えら》かったのか。

しかし、エカテリーナの言葉に幹部たちは視線を交《か》わし、ひそかに笑っている。彼女の言葉は事実だが、その事実に気付くほど聡明《そうめい》な人間は稀有《けう》だ。

「お前は本当に賢《かしこ》い子だ。だが今回は、他の誰《だれ》も思い付かないことを思い付いたことに大きな価値があったんだよ。試験で優秀な成績を取ったこともある。お前に褒賞《ほうしょう》を与《あた》えたいが、何か欲しいものでもないか？」

いやいや、お兄様といられるこの人生がご褒美《ほうび》ですから！

「優秀な成績とおっしゃるなら、お兄様はずっと首席ですもの、ご自分にお与えになるべきですわ。わたくしの望みでしたら、お兄様のお側《そば》にいることだけでしてよ」

「エカテリーナ」

アレクセイが顔をほころばせる。

「そういうお前だから、何かを与えたいと思うんだ」

さらに、ハリルとアーロンが乗っかってきた。

「お嬢様、せっかくですからもう少し衣装をご用意なさっては。皇后陛下からお呼びがかかるかもしれませんし」

「宝石もぜひ。嫁入《よめい》り道具としてでも、良いものを揃《そろ》えてみられては」

「……」

こらこらこら。子供に贅沢《ぜいたく》を勧《すす》めたらあかんでしょ！

いかん、このままでは勝手に何かすごいものを見繕《みつくろ》われてしまいそうだ。いらないです！物より思い出！

あ。

「お兄様、わたくし、欲しいものがございましたわ」

「そうか、何かな」

甘い笑顔《えがお》のアレクセイに、エカテリーナはうきうきと言う。

「覚えておいでかしら、学園へ入学する前の日に、いつかお休みの日に皇都の見物をいたしましょうとお願いしておりましたの。お兄様、一日お仕事をお休みなさって、わたくしとご一緒くださいませんこと？」

「……そんなことでいいのか？」

「お兄様の一日は千金《せんきん》に値《あたい》いたしますわ！　それをわたくしにくださいまし」

困惑《こんわく》した表情のアレクセイだったが、エカテリーナが言いつのると、根負けしたように微笑《ほほえ》んだ。

「もちろん、かまわない。お前がそう望むなら」

「嬉しゅうございます！」

わーい、やったー！

お兄様と。

デートだー！

そんなわけでさっそくその週末、エカテリーナはいつもより少しおめかしをして、足取り軽く馬車へと向かった。

馬車の前にはすでに、いつもより少しあらたまった服装のアレクセイが待っていて、妹を見て微笑んだ。

「お待たせして申し訳ございません」

「美しい女性を待つのは、心楽しいひとときだ。お前が教えてくれたことだよ、エカテリーナ」

いやーん、嬉しい。

お兄様の場合、リップサービスではなく本気でこれを言えちゃうレベルのシスコンだからすごい。ありがとうございます。

差し出された右手に左手を重ね、アレクセイのエスコートで馬車に乗り込む。

「何度もすまないが、本当にこんなことでいいのか？」

「もちろんですわ。わたくし、嬉しくてなりませんの」

本当に何度も確認《かくにん》されたけどね。宝石どころか、馬とか、私専用の馬車とか、しまいにゃ城をひとつあげるからそっちにしなさいとか……。

おかしいですから。成績が良かったから『城』あげるって。おかしいにも程《ほど》がありますから！　保養地にある別邸《べってい》のひとつだそうだけど、『優美な造りだからお前にふさわしい』じゃないです。そういう問題じゃない。

そして、公爵《こうしやく》領幹部の皆さんがお兄様を止めてくれないのがショックだった……止めて、ツッコミ入れて。ノヴァクさんの『嫁入り道具は別途《べっと》進めれば良いかと』って呟《つぶや》きが怖《こわ》かったし。

勝手にいろいろ見繕う気、マンマンなんじゃなかろうか。前世でどこかの博物館で見た、徳川《とくがわ》御三家《ごさんけ》からどっかの大名に輿入《こしい》れした姫君《ひめぎみ》の嫁入り道具、蒔絵《まきえ》やら螺鈿《らでん》やらすごかったなあ……。

ていうか、ノヴァクさん、私に皇后を狙《ねら》わせるのを諦《あきら》めてないんじゃなかろうな。あの人も、一度や二度で諦めないに違《ちが》いないか……。でもね、ないから、絶対狙わないから！　フローラちゃんとも皇子とも友達になれたのに、あの二人から断罪イベントされて破滅《はめつ》する羽目になったら、心が死ぬわ！

と、とりあえず考えないでおこう。

カラカラと車輪の音を立てて、馬車は進む。

皇都は皇城を中心に広がっている。皇城に近い地区には、高位貴族の皇都邸《てい》や官公庁の建物が並ぶ。静謐《せいひつ》で美しく、石畳《いしだたみ》の街路は広く、よく整備されている。東京の皇居周辺の雰囲気《ふんいき》に、どこか似ているようだ。お伽話《とぎばなし》のお城のように美しい皇城の姿がよく見えているが、江戸《えど》時代には江戸城がこんな風にそびえて見えたのだろう。

「お前が見たがっていた、セルゲイ公の彫像《ちょうぞう》があれだ」

「やはり大きゅうございますのね！」

皇都公爵邸《こうしゃくてい》と魔《ま》法《ほう》学園を移動する時のいつもの道のりでは、ピョートル大帝《たいてい》の彫像がある通りを使う。今回は皇都見物の手始めとして、二人のご先祖セルゲイ公の彫像がある通りへ来ていた。

「どことなく、お祖父様に似ておられるようですわ」

「ああ、昔、同じことをお祖父様に言ったことがある。生まれた時から面影《おもかげ》があったからセルゲイと名付けられたのかもしれないなと、笑っておられた」

お兄様がいくつくらいの頃《ころ》かな。お祖父様とのツーショット肖像画《しょうぞうが》に描《えが》かれてた十歳より小さい頃じゃないかな。その頃から利発だったんだろうな、大人みたいな口をきくちっちゃいお兄様、可愛《かわい》かっただろうなー。ふふ。

つい微笑むと、アレクセイが首を傾《かし》げる。

「楽しいか？」

「ごめんなさいまし、幼い頃のお兄様を想像しておりましたの。さぞお可愛いらしかったことでしょう」

アレクセイは首を振《ふ》った。

「いつも可愛げがないと言われていたよ」

それはクソババアが言ったことでは？

小さい頃のお兄様、やっぱり傷ついたのかな。そりゃそうだよね。

「……そんな昔から私は、ひとと親しく交わるのが苦手だったんだ。望んでそう振る舞《ま》っているわけではないのだが、側には誰も寄りたがらない」

ふっと言葉を切ったのは、一人だけいた友達を思い出してのことかもしれない。

珍《めずら》しく、アレクセイはうつむいた。

「私が居ることを喜んでくれるのは、お祖父《じい》様とお前くらいだ。お前はいつも、私が仕事をしすぎると心配してくれるが、私の取り柄《え》は仕事くらいなものなんだよ。時間が空いて好きにしろと言われても、やりたいことひとつ思い付かない。……つまらない人間なんだ。私と一緒《いっしょ》に一日過ごしても、楽しくはないと思う」

そんな兄を見つめて、エカテリーナは思う。

お兄様ったら……。

かわいいいっ!!

なんだろうこの、超絶《ちょうぜつ》できる男がちょっと弱ってる姿の可愛さ！

アラサー目線で、普段《ふだん》大人びてるけどまだ十七歳の男の子が告白した弱音と思うと、また可愛い！

だから何度も確認してきたのかー、内心、こんなコンプレックスでちょっぴりうじうじしてたのかー。やだわー、いとしいわー。

エカテリーナは兄の手を取って、両手で握《にぎ》った。

「お兄様……言葉ごときでお伝えできるものではございませんでしょうけれど、お兄様がいらしてくださると、わたくしは本当に楽しゅうございます。そして、安心できますの。わたくし、お母様が亡《な》くなられてからずっと寂《さび》しゅうございました。ですけれど、皇都へ来て倒《たお》れた後、お兄様が手を取ってくださって、寂しさがなくなりましたのよ。お兄様は大きくてあたたかい手をしていらっしゃいます。そして、誠実で力強い、頼《たの》もしいお人柄《ひとがら》でいらっしゃいます。それに、豊かな知識をお持ちですわ。……どこぞの、女性に優《やさ》しい洗練された紳士《しんし》とやらより、お兄様とご一緒できる方がずうっと楽しいと断言できましてよ」

アレクセイは目を見開いた。

どうせあのクソババア、お気に入りの父親とお兄様をしじゅう比べて、小さい頃の親父《おやじ》は可愛かったのにお前は可愛げがないとか言ったんだろう。小さなお兄様は冷ややかにババアを見返して、でも心の底で傷付いていたんじゃないだろうか。想像しただけで抱《だ》きしめたくなるわ。

子供は、人間は、全員違うんだよっ！　それぞれ違った良さがあるに決まってんだろ、みんな違ってみんないいんだよ。

とか言っといて、私はお兄様が推《お》しです。みんないいとか言って、お兄様がいいです。ごめんなさい！　でもストライクゾーンは人それぞれだってことぐらい、理解してるぞ。

つかババア、お兄様はあんたの孫だ。普通《ふつう》は無条件で愛せる存在だぞ。そりゃすべての人が孫がかわいいわけじゃない、これも人それぞれだろうが、てめーはダメだ。なんであんたはそんなんだったんだ。

「ありがとう、エカテリーナ」

アレクセイはエカテリーナの手を取って、押しいただくように額に当てた。

やーん、前髪《まえがみ》が手にかかってサラサラー。

「お前は本当に天からの賜物《たまもの》だ。優しく、賢《かしこ》く、美しい。これほど素晴《すば》らしいものを賜《たまわ》るに足る人間なのかと、自分を省《かえり》みて不思議になるよ」

いえお兄様、私はただのブラコン妹です。

なんかすいません。


セルゲイ公彫像を通り過ぎると、川が見えてくる。

「これは人工の運河だ。セルノー河から皇城の堀《ほり》へ水を引くために造られた」

「皇城へ物資を運び込む水路になっておりますのね。皇后陛下の絹織物も、ここを通って運ばれたのでしょうか」

皇都を貫《つらぬ》いて流れるセルノー河は、皇都のみならず皇国の物流の大動脈となっている大河で、南へ流れ下ってユールセイン領の港がある湾《わん》へ流れ込む。『神々の山嶺《さんれい》』の向こうから来た輸入品の多くは、セルノー河をさかのぼって皇都へ運び込まれるのだ。ユールセイン領の重要性がうかがえる。

馬車はすぐに川を離《はな》れた。街路の両脇《りょうわき》に、大きな店構えの商店が並び始める。このあたりは貴族だけでなく平民の豪商《ごうしょう》も住み、商売を営《いとな》む地区になる。東京の銀座・日本橋のような、高級店が集まる場所だ。先程《さきほど》までより華《はな》やかな雰囲気である。

「街並み全体に統一感がありますのね」

「ここは商業ギルドの顔だからね。雰囲気に合わない店は出店を許されない」

そこも銀座っぽい。

「そろそろ最初の目的地、太陽神殿《しんでん》だ。……仕事が絡《から》むところですまない」

「わたくしもユールノヴァの娘《むすめ》でございます。お仕事をご一緒できますのは、嬉《うれ》しいことでございましてよ」

このあたりには商店だけでなく、信徒が多く有力な神々の神殿が多数ある。これらは宗教施《し》設《せつ》ではあるが、観光名所でもある。潤沢《じゅんたく》な資金で壮麗《そうれい》な神殿を築いている、太陽神や商業神、雷神《らいじん》の神殿が人気だ。皇都の見物なら外せないスポットである。

乙女《おとめ》ゲームの設定では、皇国の宗教については何も触《ふ》れられていなかったと思う。そこが実際どうかというと、皇国ではたいていの人は神々を信じつつ、ゆるーく付き合っている。中には特定の神を熱心に信仰《しんこう》している人もいる。困った時には神頼《かみだの》みに走る。どの神の神殿だろうと、壮麗だったり由来があったりする神殿をただ楽しむために参拝し、それなりに心を込めて祈《いの》る。要するに日本に近い。

しかしこの世界、神様は存在している。らしい。

ま、神様といっても、一神教で信じられるような全知全能の存在ではない。神話の神々はいろいろで、人間的な感情があったり、動物に近かったり、ある種の魔物《まもの》を神と崇《あが》める民族もいたりして、神と魔は紙一重《かみひとえ》。被征服《ひせいふく》民族の神が、魔物扱《まものあつか》いに堕《お》とされることも多々あるそうだ。

そんなこんなで皇国では、とても多くの神様が信じられている。そして皇都には、皇国各地からやって来た人々が故郷の神々の神殿を築いたりするものだから、ちっちゃな祠《ほこら》まで含《ふく》めればそこら中に神様が祀《まつ》られている。皇国で最も神様密度が高い場所だ。そういえば学園にもひっそりと、学問の神様が祀られているんだよね。

あまりに密度が高いため、新たに神殿を造って神様を呼んだのに神様が夢枕《ゆめまくら》に立って『もう一杯《いっぱい》で入れない。ムリ』(意訳)と言ったという話があるらしい。ほんとかよ。

観光名所としてトップクラスの人気を誇《ほこ》る太陽神の神殿には、今日も多くの人々が参拝に訪《おとず》れている。彼らが徒歩でくぐる神殿の門を通り過ぎ、馬車はひと気のない別の門へ向かう。公《こう》爵家《しゃくけ》の紋章《もんしょう》を見て駆《か》け出してきた門番が大きく門をひらき、馬車はつつがなく神殿へ到着《とうちゃく》した。アレクセイに手を取られて馬車を降りると、出迎《でむか》えがいた。神官服、それもかなりきらびやかなものをまとった、初老の人物だ。

「ユールノヴァ公爵閣下、ようこそお越《こ》しくださいました。大神官がお待ちになっております」

「出迎え恐《おそ》れ入る、神官長」

神官長が出迎えですかー。今さらながらユールノヴァ公爵家の威光《いこう》すげえ。

そして神官長の案内で、一般《いっぱん》参拝者は立ち入れない神殿の奥の宮へ。バチカンのサン・ピエトロ寺院とか思い出すくらい、たいへんきらびやかでございます。

大神官は白髪白髯《はくはつはくぜん》を長く伸《の》ばした、いかにもな容貌《ようぼう》の老人だった。神官服は神官長以上にきらびやか、ローマ教皇レベル。色がまた太陽の色である黄色と白と金だもの。

「ご無沙汰《ぶさた》し申し訳ない。ご注文の黒竜杉《こくりゅうすぎ》の伐採《ばっさい》が可能になったことのご報告と共に、遅《おく》れが出たことをお詫《わ》び申し上げる」

「巨竜《きょりゅう》の出現とあっては、致《いた》し方ございますまい。公爵閣下自らのお出まし、恐縮《きょうしゅく》ですな」

トップがわざわざ謝罪に来たら、悪い気しないよね。

しかしお兄様、六十歳くらいも年長の大神官相手に、少しも迫力負《はくりょくま》けしてませんよ。むしろ、会話の要所でネオンブルーの瞳《ひとみ》が光ると、向こうが気圧《けお》されるくらいです。さすがお兄様。またしても思いますが、あなたは本当に十七歳ですか。

さっき仕事くらいしか取り柄《え》がないなんて言ってましたけど、ここまでできるって大変なことですよ。アラサー目線でも尊敬しかない。できる男がさらりと大仕事をこなす姿、見惚《みと》れます。ちょっと弱ってる姿もかわいいけど、愛《いと》しいけど。でもやっぱり、できる男って素敵《すてき》。

そして大神官に案内されて、一般には公開されていない千年の時を経たアストラ時代からの神像など、秘宝の数々を拝観させてもらう。

さすが、太陽神超《ちょう》イケメン。ギリシャ彫刻《ちょうこく》っぽい美しさです。前世だったら世界遺産かも。

お宝にまつわる由来もすごい。ピョートル大帝《たいてい》とその弟たち、代々の皇帝《こうてい》や公爵の名前がぞろぞろ出てくる。歴女のパラダイスタイム。

私が歴史好きだからと、お兄様があらかじめ頼んでくれていたそうです。さすが元祖型ツンデレ、全力の優しさが嬉しいです。

……しかし向こうでは大勢の善男善女《ぜんなんぜんにょ》が参拝してるっていうのに、この特別扱い。元が小市民なんで気が引けるけど、なんたって身分制社会だもんね。格差社会の完成形？　それに建材についてのお付き合いもあるし。建材のお値段勉強してくださいな（意訳）って言う大神官と、お兄様の丁々発止《ちょうちょうはっし》のやりとり、勉強になりましたわ。


その後、アレクセイの希望で大神官とは別れ、再び神官長に案内されて一般参拝者と同じエリアへ。と言っても主神の太陽神宮ではなく、参拝者はほとんどいない配神の一柱、夜の女王、宵闇《よいやみ》の精霊《せいれい》の宮《みや》だ。

太陽神にはさまざまな恋《こい》の伝説があるが、夜の女王は太陽神に想《おも》われながらも、浮気《うわき》者の男に身を任せることを拒《こば》んだ貞操堅固《ていそうけんご》な女神《めがみ》とされている。そのため太陽が去った後か太陽が昇《のぼ》る前の空にのみ現れると。とはいえ太陽神に関係する女神なので、この太陽神殿に祀られているのだった。

現生利益に関係ないせいだろう、それほどお参りはされない女神の宮のため、やや地味。だが、それだけにシックで、どこか優美なつくりだ。

「申し訳ございません、お待たせいたしました」

急ぎ足でやって来た小太りで温和そうな神官が、エカテリーナを見てはっと足を止め、まじまじと見つめる。

え、何でしょう。

「や……こ、これは失礼いたしました。その……女神が顕現《けんげん》なされたかと」

あらお上手。

「ほう、そう思うのは私だけではなかったか」

隣《となり》のお兄様の御機嫌《ごきげん》メーターが一気に上がりました。のちほどこの宮に、お布施《ふせ》がぽーんと飛んでいくと思われます。おめでとうございます。

あ、そうだ。

「わたくしごときが女神の顕現などと、恐れ多いことですけれど、お言葉嬉しゅうございます。お兄様、こちらの宮に『天上の青』の顔料を奉納《ほうのう》されてはいかがかしら。宵闇の精霊がおわすにふさわしい、美しい青で彩《いろど》って差し上げれば、お慶《よろこ》びいただけるのでは」

見応《みごた》えのある美しい宮になれば参拝者が増えて、そして『天上の青』の宣伝にもなるのではないかと。お布施は広告宣伝費として元が取れるといいなあ……って女神様すみません。

「それは良い考えだ。こちらの女神に捧《ささ》げ物をしたいがよろしいか」

「それはもう、ありがたいことでございます。……しかし、妹君であられましたか。てっきり奥方様かと」

あらいやーん、そんなどうしよう！

どうもせんでいいぞ自分！

小太りの神官はこの宮の担当者だそうで、ここでも普段《ふだん》公開していない女神像を見せてもらった。高さ五十センチほどの小さな木像だが、天へのきざはしを昇る途中《とちゆう》で振《ふ》り返った姿を彫《ほ》った、きわめて美しい像だ。この女神の像としては、皇国で最も美しいとされているらしい。

「美しいお姿だ。やはりお前に似ている」

アレクセイは微笑《ほほえ》んだが、エカテリーナは胸がつまる思いだった。母に似ていると思ったのだ。

妹の表情を見て、アレクセイはすぐに気付いたらしい。そっとエカテリーナの肩《かた》を抱《だ》くと、囁《ささや》いた。

「お前が望むなら、女神を邸《やしき》にお迎《むか》えしようか」

……いや、待ってくださいお兄様。

それは、この女神像を購入《こうにゅう》するとかでしょうか。いけません、さっき大神官に見せてもらったお宝みたいな世界遺産クラスではないにしても、重要文化財クラスの価値はあると思われます。私的占有《せんゆう》してしまうのはいかがなものでしょうか。ていうか、無駄遣《むだづか》いしてほしくありません。

「……この女神様は、神殿《しんでん》を訪れるすべての方々のものであるべきと思いますの」

エカテリーナがふるふると首を振ると、アレクセイは微笑《びしょう》する。

「そうか、お前は本当につつしみ深い」

あ、シスコンフィルター発動。

ともあれアレクセイは神官長と小太りの神官に、この女神像の複製を作らせてほしいと申し出た。

公爵邸《こうしゃくてい》には母アナスタシアの肖像画《しょうぞうが》がない。かつては、代々の公爵とその家族の肖像画が飾《かざ》られた部屋にアナスタシアの肖像画もあったが、祖父セルゲイ亡《な》き後、祖母が焼き捨ててしまった。

その代わりとして、この女神像の複製を飾ろうという。

さすがお兄様。複製は現実的な落とし所です。

「素敵なお考えですわ。お母様もきっとお喜びになりましてよ」

あんなに恋した父の肖像画の前に飾ってあげよう。

太陽神をもはねつける強く美しい女神の姿で、光源氏親父《ひかるげんじおやじ》に肘鉄食《ひじてつく》らわしてやったらいいんです。お母様はそういう女性ではなかったけれど、もし生まれ変わることがあるなら、それくらい強くあって欲しいです。

神官長に見送られて公爵家の馬車が太陽神殿を後にした頃《ころ》には、昼食の時刻になっていた。この周辺、高級商店街の地区には高級なレストランも多い。歴史の長い皇国だけに、百年以上続く老舗《しにせ》もいくつもある。そんな老舗のひとつを祖父セルゲイが贔屓《ひいき》にしていたそうで、二人はそこへ向かった。


重厚《じゅうこう》な外観の店の前で馬車を降り、アレクセイのエスコートで店内へ入る。ドアマンがうやうやしく頭を下げつつ開くドアの向こうは、歴史を感じさせるシックな雰囲気《ふんいき》のウエイティングバーになっていた。テーブルのセッティングを待つ間、食前酒を楽しむ場所だ。

今も数組の貴顕淑女《きけんしゅくじょ》がグラスを傾《かたむ》けていたが、そこへアレクセイとエカテリーナが足を踏《ふ》み入れると、すっと現れた黒服の支配人が二人へ一礼した。

「お久しゅうございます、アレクセイ様。いえ、公爵閣下《こうしゃくかっか》。ご来店いただき光栄に存じます」

「久しいな、ムーア。元気そうで何よりだ」

やや小柄《こがら》で生来らしい銀髪《ぎんぱつ》に柔和《にゅうわ》な顔立ちをした支配人、ムーアが温かいまなざしでアレクセイを見上げ、アレクセイも懐《なつ》かしげに言葉を返す。

「ムーア、我が妹エカテリーナだ。ここへ来るのは初めてになる」

紹介《しょうかい》を受けて、ムーアはあらためてエカテリーナに頭を下げた。

「お初にお目にかかります、エカテリーナ様。お噂《うわさ》はかねがねうかがっておりましたが、聞きしに勝《まさ》るお美しさです」

「まあ、お上手ですこと。お祖父《じい》様がご贔屓のお店と聞いて、楽しみにしておりましたの」

「恐《おそ》れ入ります。さ、お席へご案内いたしましょう」

支配人自らに先導されて店の奥へと向かうユールノヴァ公爵兄妹《きょうだい》を、ウエイティングバーで案内を待つ人々が羨望《せんぼう》や感嘆《かんたん》の眼差《まなざ》しで見送っていた。


祖父の頃からの定席《じょうせき》として案内されたのは、一番奥の個室だった。調度は豪華《ごうか》でありつつ品格があって落ち着く雰囲気。大きな窓があって明るく、薔薇《ばら》の咲《さ》く小さいが美しい庭が見え、その向こうに洒落《しゃれ》た通りを行き交《か》う人々が見える。このレストランで一番良い席に違《ちが》いない。

そういえば前世で、欧米《おうべい》ではレストランの席が客の階層や常連度によって明確に決まる、と聞いたことがある。ここもそうなのかもしれない。ただ前世のアメリカでは、入り口に近く外からよく見える席が上席だと聞いて、へーと思ったものだった。ところ変われば価値変わる。

兄と向かい合って席に落ち着いたところで、エカテリーナは尋《たず》ねてみた。

「お兄様もこちらがご贔屓ですの？」

「いや、昔お祖父様に連れてきていただいて以来だ」

そりゃ、お兄様はまだ学生で寮生活《りょうせいかつ》なんだから、こんなとこで外食はそうそうしないか。

「あの頃には、閣下はまだお小さくあられました。ご立派になられて、セルゲイ公もさぞお喜びでございましょう」

ムーアの言葉にアレクセイは苦笑《くしょう》する。

「立派になったという言葉自体が、子供扱《あつか》いだが」

「老いた者の楽しみは、お若い方を子供扱いすることくらいでございまして。いつかお年を召《め》した時、閣下もお試《ため》しください」

澄《す》まして言った後、ムーアは微笑んだ。

「昔、セルゲイ公が仰《おお》せになったことでございます。お優《やさ》しい中に、人の悪いところもあるお方で。……思えばあの頃は、まだ老いたというほどのお歳でもあられなかったものを」

最後は呟《つぶや》きのようだった。

お祖父様が亡くなったのは、五十八歳の時。前世より平均寿命《じゅみょう》の短いこの世界でも、早すぎる。大臣や宰相《さいしょう》などの要職を歴任したお祖父様だから、つまりそれは。

ズバリ過労死！

やっぱり、この世界にも過労死はあるってことだよね⁉　だからあらためて、全力でお兄様を守らなきゃ！　お祖父様、お兄様をあなたの二の舞《まい》にはさせないと誓《ちか》います！

祖父の死因を勝手に決め込んで、テーブルの下でぐっと拳《こぶし》を握《にぎ》るエカテリーナであった。

そんなことをやっている間に飲み物と前菜《ぜんさい》が用意され、前に置かれたグラスの美しさにエカテリーナは感嘆した。

ヴェネツィアンガラスのように華麗《かれい》なブルーの色彩《しきさい》に見事な装飾《そうしょく》、グラスの脚《あし》は二色の異なる青ガラスのツイストになっている。

「美しいグラスですこと」

前世で、これに似たガラス工芸品を持っていた。似ていると言っても部分的にだけど。イラストが趣味《しゅみ》の友達が悩《なや》み倒《たお》して買うのを見て、あまりに綺麗《きれい》でつい自分も買ってしまった物。あ！

そうか、あれなら、この世界で再現できるかも？

「お嬢様《じょうさま》、お目が高い。こちらは、皇国随一《ずいいち》のガラス職人と言われたムラーノ親方の作でございます。残念ながら親方は一昨年前に亡くなりまして、価値は高まるばかりです」

「エカテリーナ、お前が気に入ったなら邸に揃《そろ》えさせようか」

お兄様ったら。邸で使っているグラス類も歴史があって素敵《すてき》なものばかりですよ。

しかしヴェネツィアンガラスに似てると思ったグラスの作者が、ムラーノか。ヴェネツィアのムラーノ島って、昔ガラス職人が閉じ込められてガラス細工を作ってたところじゃなかったっけ。

「買い集めるより、このように思いがけず出会う方が楽しゅうございますわ」

「さすがユールノヴァ公爵家のご令嬢《れいじょう》、鷹揚《おうよう》な仰せでございますね」

ムーアが感心し、アレクセイはお前らしいと微笑《ほほえ》んだ。

グラスを手に取ろうとしたところで、アレクセイに止められる。

「少し待ってくれ」

そう言ってアレクセイがエカテリーナのグラスに手をかざすと、キンッと魔力《まりょく》が張り詰《つ》めるのを感じた。

「触《さわ》ってごらん」

言われた通り触《ふ》れてみると、グラスがひやりと冷たい。

「素晴《すば》らしいですわ、お兄様。なんと繊細《せんさい》な魔力制御《まりょくせいぎょ》でしょう」

「昔ここで、お祖父様にやってさしあげた。喜んでくださったよ」

それは喜ぶでしょう。まだ十歳やそこらで、大人でもなかなかできない細かい制御をやってのけるなんて、自慢《じまん》の孫ですよ。……クソババアと違ってお祖父様、まともなおじいちゃんだったんだなあ。

グラスを掲《かか》げて乾杯《かんぱい》し、ひんやりと冷たいベリージュースの爽《さわ》やかさに思わず微笑む。皇国の法律には飲酒に年齢《ねんれい》制限を設《もう》ける法はないようだが、良識として子供の飲酒はよろしくないとされている。前世で意外と下戸《げこ》だったのもあって、エカテリーナはお酒は二十歳《はたち》になってからにしようと思っていた。

「冷たくて美味《おい》しゅうございますわ。ありがとう存じます」

「喜んでもらえて何よりだ」

この世界にはまだ冷蔵庫はないから、氷属性の魔力を持つ貴族でなければ、飲み物を冷やす方法は氷室《ひむろ》で冷やしたり、氷室で貯蔵した貴重な氷を入れたりするくらい。前世では当たり前だった冷たい飲み物は、ここでは贅沢《ぜいたく》なのだ。

ムーアは今日、支配人でありながら兄妹の給仕《きゅうじ》をつとめてくれるという。かつて一介《いっかい》のウエイターだった頃、祖父に気に入られて目をかけられたことを恩に感じているのだそうだ。

「恥《は》ずかしながら、若い頃は読み書きもろくにできない身でございました。お祖父様が学びの機会を与《あた》えてくださったおかげで、教養を身につけることができたのです。あの方は、人材を育てることがお好きでした。部下として使うためでなくとも、人間が変わる姿を見るのが楽しいとおっしゃって。人間が好きな方であられたのだと思います」

趣味・人材育成。

なんて有意義なんでしょうか。

「お祖父様は素敵な方でしたのね。部下の皆様《みなさま》が今もお祖父様を慕《した》っておられる理由が、少しわかりましたわ」

「そう言ってくれて嬉《うれ》しいよ。……お祖父様がお前と会っていらしたら、どんなにお喜びになったろう。お前は自由な発想に優《すぐ》れているが、お祖父様もそういうところがおありだった。誰《だれ》も思い付かないことを思い付き、実行する。お前の意見を聞いたら、我が意を得たりと愉快《ゆかい》そうに笑ったことだろう。その声が聞こえる気がするくらいだ」

うーん、あの肖像画《しょうぞうが》のダンディおじさまが愉快そうに笑う姿、見てみたいかも。

そういえばお祖父様、学生時代に学友をかけおちさせたんだっけ。すごいと言えばすごい発想の持ち主かも……お兄様が言っているのは、そういうことじゃないだろうけど。

「わたくし、お祖父様はお兄様とよく似た方と思っておりましたわ」

「閣下もセルゲイ公によく似ておられます。自然と人の上に立つ方であられるところ、鋭《するど》い知性と努力を厭《いと》わないご気質が同じとお見受けいたします」

ムーアさん、観察眼が鋭いですね！　さすが一流レストランで支配人を務めるだけある。

「そして、お声がよく似ておられます。セルゲイ公も低い、よいお声をしておられました」

「……そうか。自分ではわからないが」

そう言いつつ、アレクセイは少し嬉しそうだ。容姿は祖母や父に似た彼だから、祖父に似たところがあるとは思っていなかったのだろう。声変わりしてだんだん今の声になったのだろうから、執務室《しつむ》の部下にも指摘《してき》されにくかったはずだ。

自分で自分の声ってわからないですもんね。しかしお兄様の素敵ボイスは、お祖父様《じい》ゆずりでしたか。遺伝子グッジョブ。

その後も話題の中心は祖父だったが、ムーアが給仕しつつ披露《ひろう》する話に耳を傾《かたむ》けていることが多くなった。祖父と二人が知る人々の若かりし頃《ころ》のエピソードである。

アレクセイの腹心ノヴァクがユールノヴァ公爵家《こうしゃくけ》の分家であるノヴァク子爵《ししゃく》家へ婿《むこ》入りしたのは、祖父の意向というより当時の子爵家令嬢《れいじょう》がノヴァクに懸想《けそう》したためで、この個室で祖父とノヴァク、令嬢とで食事をしたが、当時のノヴァクは全く意図に気付かず、政策のことで祖父に嚙《か》み付く勢いで議論をふっかけてばかりだったとか。

皇帝《こうてい》陛下がまだ皇太子にも定められていない学生時代、今の皇后陛下を射止めようとあれこれ手を尽《つ》くしているのに手を貸して、当時外務大臣だった祖父が他国の要人との歓談《かんだん》にかこつけて、たびたびここに二人を呼んだとか。

兄と共に若干《じゃっかん》頭を抱《かか》えつつ、エカテリーナは思う。

お祖父様――。

セレブな仲人《なこうど》趣味ですね！

ゆっくり昼食をとった後は、国立劇場へ連れて行ってもらい建物を見学し、最後に時間と運命を司《つかさど》る神の神殿《しんでん》へ行って鐘楼《しょうろう》に登らせてもらった。そろそろ日暮れが近い時刻の揺《ゆ》らめく光の中、見渡《みわた》した皇都はなんとも幻想的《げんそう》だった。

前世で見下ろした、東京の街並みを思い出す。都庁からだったか、スカイツリーから見下ろしたのだったか。なんて広大で、なんて灰色だったんだろう。比べるとこの皇都は、はるかに小さく緑豊かで美しいと思う。

いつか時が過ぎた頃、ここもコンクリートの建物が並ぶ無機質な街になるのだろうか。それはエカテリーナがどんなに長生きしたとしても、寿命《じゅみょう》が尽きて死んだはるか後のことだろう。

「エカテリーナ、今日は楽しかったか？」

「勿論《もちろん》ですわ！　ずっとお兄様とご一緒《いっしょ》できましたもの、とても楽しゅうございました」

公爵邸《こうしゃくてい》へ向かう馬車の中でアレクセイに尋《たず》ねられて、エカテリーナは声をはずませてそう答えた。

「わたくしのために歴史的な宝物《ほうもつ》の見学を手配してくださり、お祖父様の思い出をたくさん聞かせていただきました。お兄様のお心遣《こころづか》い、本当に嬉しゅうございましたわ」

「そうか。お前が喜んでくれたなら良かった」

アレクセイは微笑む。

……お兄様、今日どこへ行こうとか何をしようとか、けっこう悩《なや》んだりしてくれたのかな。忙《いそが》しいお兄様にそんなことで時間を取らせて申し訳ないけど、嬉しいなあ。

でも私は、お兄様とずっと一緒にいられるなら、どこで何をしようときっと楽しかったですよ。

よし！

お兄様に、お返しをしよう！

私はブラコンで、お兄様が推《お》しなんだから。推しにはこっちから尽くすもの！　推しから喜びをもらったら、プレゼントとかで気持ちを返すもんでしょう。ちょうど思いついたこともあるし。

お兄様、私も頑張《がんば》ります！

第四章 プレゼントとプロジェクト

公爵邸に帰ってすぐにエカテリーナがしたことは、ミナに頼《たの》み事をすることだった。

「ねえ、ミナ。ガラスの工芸品を特注したいのだけど、どうしたらいいのかしら。お兄様には内緒《ないしょ》で手配したいの」

「閣下に内緒ですか」

「そうなの。お兄様への贈《おく》り物を頼みたいのですもの、驚《おどろ》いていただきたいのよ」

イヴァンにお兄様の誕生日を訊《き》いたら、あと一カ月半ほどだった。レストランで思い付いたものがこの世界で再現できたら、丁度いいプレゼントになるはず。

それにしてもお兄様、クール系で魔力《まりょく》も氷属性なのに、暑い時期に生まれたんですね。前世なら獅子座《ししざ》かあ。ふふ、似合うかも。私は前世では乙女座《おとめざ》だったけど、今生は十二月生まれだから、射手座かな。相性《あいしょう》とかどうだっけ〜。

……前世では星座占《うらな》いなんかほとんど気にしたことなかったくせに、何を乙女チックになってるんだ自分。

「ガラスですか。なんにせよ、工芸品なら工房《こうぼう》へ遣《つか》いを出してご注文なさればいいです。どういうものが欲しいか言ってくだされば、あたしが行って注文してきます」

「少し……難しいと思うの。ミナも工房の職人も見たことがないものではないかしら」

そう言ってエカテリーナが、こういうもの、と紙に絵を描《か》いて見せると、いつも無表情なミナが珍《めずら》しく目を丸くした。

「何ですか、これ」

とりあえずエカテリーナのために紅茶を淹《い》れて、ミナは難しい顔をした。

「おっしゃる通り、お嬢様《じょうさま》が欲しいもののこと、あたしじゃうまく説明できないかもしれません。なら工房の親方をここへ呼ぶって手もありますけど、それだと閣下に知られます。お嬢様が工房に注文に行くのが一番確実かもしれませんけど、ご自分で行くところじゃないでしょうし」

「わたくし、できれば自分で説明したいわ。わたくしが工房へ出向くのは、そんなにはしたないことかしら」

「はしたないってことはないと思います。ただ、ユールノヴァ公爵家ほどの名家のご令嬢《れいじょう》にはふさわしくないってだけです」

「それなら、わたくし、行きたいわ。ミナが一緒に来てくれれば、危ないこともないのでしょう？」

「……わかりました。お嬢様がそうおっしゃるなら」

いつもの無表情で、ミナはうなずいた。

そして夜、エカテリーナに夜着を着せる頃には手配を済ませていた。

「腕《うで》がいいって評判だったムラーノ親方の工房は、親方が死んだあと閉鎖《へいさ》になったそうなんで、今ある工房では一番って話のとこへ、明日お連れします」

「……まあ、素敵《すてき》。こんなに早く手配してくれて、嬉《うれ》しくてよ」

うちの美人メイドが有能すぎる件。


そんな訳で翌日、エカテリーナはミナと共に馬車で出かけた。

目的を話すと執事《しつじ》のグラハムが微笑《ほほえ》ましげに協力してくれて、アレクセイには内緒の外出だ。

思えば、今まで馬車での移動はいつも兄と一緒だったから、ミナが一緒とはいえ、心細いような気持ちになる。

おい、アラサーが心細いとか、図々《ずうずう》しいこと言ってんじゃないぞ自分！

前世じゃ一人でラーメンとか焼肉とか、余裕《よゆう》だっただろ自分！

むん！　と心の中で気合いを入れるエカテリーナであった。

馬車は、昨日アレクセイと巡《めぐ》ったあたりとはまた違《ちが》う地区へ進んでゆく。より庶民《しょみん》的で活気に富んだ、いささか猥雑《わいざつ》なほど暮らしの気配に満ちた街だ。

貴族の馬車よりは荷馬車が多く行き交《か》う通りを、子供達が駆《か》け抜《ぬ》けてゆく。工房らしい建物も多く、金属を鍛《きた》えているとおぼしき大きな音も聞こえてくる。

東京で言えば、中小のものづくり企業《きぎょう》が集まる大田区？

でも裏通りに洗濯物《せんたくもの》がひるがえっているのが見えて、ひとむかし前の香港《ほんこん》のような、はたまたイタリアのナポリのような風情《ふぜい》もある。

そんな工房の中でもわりあい大きな建物の前で、馬車は停《と》まった。まだ新しくてやけに手の込んだ看板が掲《かか》げられていて、『ガレン工房』と書かれている。

「ガレン親方の工房。ここです」

ミナが言い、扉《とびら》を開けてするりと馬車を降りた。差し伸《の》べられたミナの手を取って、エカテリーナも馬車を降りる。

「お嬢様、お気をつけて」

声をかけてきた御者《ぎょしゃ》に微笑みを返して、エカテリーナはガレン工房に足を踏《ふ》み入れた。

まず感じたのは熱気。工房の奥に炉《ろ》があり、オレンジ色の輝《かがや》きが見える。ガラスを溶《と》かしているのだろう。他《ほか》にも何の用途《ようと》なのか、いくつかの炉があるようだ。その周辺で、半裸《はんら》の職人たちが忙しげに働いている。

そんな職人たちの一人、まだ若い優《やさ》しげな顔立ちの青年が、二人に気付いてさっと歩み寄ってきた。

「いらっしゃいませ、ご用でしょうか」

「ガレン親方に取り次いで。ユールノヴァ公爵家《こうしゃくけ》のお嬢様が訪ねると言ってあるから」

「公爵家の……す、すみません、少々お待ち下さい」

ミナの言葉に青年は絶句し、エカテリーナをちらと見てあわてて工房の奥へ去っていった。

すぐに、ガレン本人とおぼしき男がやって来る。五十歳前後か、おそろしく太い腕をした、腹の出たおっさんである。

「こりゃあお嬢様、こんなむさ苦しいところへわざわざこのガレンを訪ねておいでとは、どうも」

へっへっへ、という笑いにどうにも品が無い。

大丈夫《だいじょうぶ》かなこの人。

ていうか、チラチラどこ見てんだおっさん。

笑う男を無表情に眺《なが》めたミナが、無言でエカテリーナに扇子《せんす》を差し出す。エカテリーナも無言で受け取り、ぱらりと開いて口許《くちもと》から胸元《むなもと》までを隠《かく》した。

工房の一角に応接セット的なソファがあり、そこでエカテリーナとミナはガレンと向かい合って座る。

「特別なガラス製品を注文なさりたい、ってことでしたね。そういうことならそりゃあ、このガレンの出番ってもんで。どういうもんがお望みですかい、うんとでっかい花瓶《かびん》、飾《かざ》り皿、なんでも作って差し上げますぜ」

「わたくしが作ってほしいものは、大きなものではありませんの。素人《しろうと》絵で申し訳ないのですけれど、こちらを見ていただけるかしら」

昨晩ミナに見せた絵を差し出すと、ガレンはけげんな顔をした。

「はあ。なんですかい、これ」

「ガラス製の、ペンですの」

「は？　ペン？」

「ええ。ガラスペンですわ」

そう。前世で一部愛好家に根強い人気があった、美しき筆記用具ガラスペン。

なんでも明治時代に日本の風鈴《ふうりん》職人が考案したそうで、当時は爆発《ばくはつ》的に広まったらしいが、ボールペンなどの登場で一般《いっぱん》的には使われなくなった。それでも見た目の美しさや書き味のよさで、ガラスペンを好む人は一定数いる。

皇国の筆記用具は、羽根ペンが一般的だ。これも見た目は素敵だが、軸《じく》が細くて持ちにくいわ、インクは少ししか吸い上げないからノート一行分も書けずにインク壺《つぼ》に浸《つ》けなきゃならないわ、ペン先がすぐ潰《つぶ》れて駄目《だめ》になるからナイフで削《けず》って尖《とが》らせなきゃならないわ……と、実用性はイマイチ。二十一世紀の日本人にとってはめんどくさい代物《しろもの》なのだ。いや、この世界の人だってめんどくさい。あのイヴァンでさえ以前、お兄様の羽根ペンの削り具合を失敗した、と嘆《なげ》いていたほどなんだから。

だから、あのガラスペンをここで再現できれば、羽根ペンよりよほど実用的なのだから、お兄様にきっと喜んでもらえると思う。

が。

へっ、とガレンは鼻で笑った。

「なんでこんなこと思い付いたのか存じませんがね、ガラスのペンなんて聞いたこともありませんや。ガラスってのはインクを吸うわけないのはお解《わか》りですかねえ？　なんでガラスで字が書けると思うのか、へっへっへ」

「先端《せんたん》に溝《みぞ》を刻むのですわ。その溝がインクを吸い上げるのです。羽根ペンのペン軸がインクを吸い上げるのと、理屈《りくつ》は同じでしてよ」

毛細管現象っていうんだよ。前世の呼び方だけど。

羽根ペンだってインクを吸ってるわけじゃないだろうが。

苛立《いらだ》ちをこらえて、エカテリーナは扇《おうぎ》で少し自分をあおぐ。その時ふと、親方の向こうからこちらを注視している者がいることに気付いた。さきほど声をかけてくれた優しげな顔立ちの青年が、親方の手にあるエカテリーナが描いたガラスペンの絵を凝視《ぎょうし》している。

ガレンが気付き、振《ふ》り返って一喝《いっかつ》した。

「おいレフ！　てめえ何やってんだ！」

「すみません！」

レフと呼ばれた青年は、あわてて炉の方へ戻《もど》っていく。

「すみませんね、お嬢様《じょうさま》。若いもんのしつけがなってませんで」

またへっへっへと笑ったガレンは、エカテリーナにガラスペンの絵を返してよこした。

「ま、ガラス製品のご注文なら、極上品《ごくじょうひん》をご用意できますんで。今からお見せしますよ。――おい、持ってこい」

注文通りのものを作る気はなく、自分の得意なものを注文させるつもりらしい。

徒弟《とてい》らしき若者たちが、二人がかりで抱《かか》えるほど大きくて重たげな花瓶を持ってこようとしているのを見て、エカテリーナは扇の陰《かげ》で嘆息《たんそく》した。

「お持ちいただくにはおよびませんことよ。お時間を無駄《むだ》にさせて申し訳のう存じますわ。ミナ、戻りましょう」

「はい、お嬢様」

ミナが立ち上がる。

「いやいや、ちょいとお待ちくださいよ、お嬢様。見れば気に入りますって」

あせったガレンが手を伸ばし、エカテリーナの繊手《せんしゅ》を摑《つか》もうとする。――その太い腕を、ミナの白い手がぐいっと押さえた。

低い声で言う。

「汚《きたな》い手でお嬢様に触《さわ》るんじゃないよ」

「なんだと、このアマ。――ふぐっ」

ミナの手を振り払《はら》おうとしたガレンが、目を見開いた。細く白い手はびくともせず、掴まれた腕《うで》に万力《まんりき》のように食い込んでくる。

ミシ、と骨がきしんだ。

「うぎゃあっ！」

ガレンが悲鳴を上げる。

その間にエカテリーナは立ち上がり、ガレンの手が届かないミナの背後へ移動していた。

「ミナ」

「はい、お嬢様」

ミナはぽいとガレンを放《ほう》り出す。

「皆様《みなさま》、お騒《さわ》がせいたしましたわ。ごきげんよう」

蒼白《そうはく》になって震《ふる》えているガレンと、あっけにとられている工房《こうぼう》の職人たちに微笑《ほほえ》みをふりまくと、エカテリーナはミナを従えてガレン工房を後にした。

「お嬢様、すみません。あんな奴《やつ》にお嬢様を会わせるなんて」

馬車に乗り込んだエカテリーナに、馬車に乗らずに外で立ったままミナは申し訳なさそうに頭を下げた。

「ミナのせいではなくってよ。それなりに評判の工房の親方が、あれほど不作法とは思いもよらないもの」

あんなんでよくやってこられたな、と思うけど。

「あいつはムラーノって親方に比べたら大したことないらしいです。でもあっちが亡《な》くなったんで皇国一の職人ってことになって、思い上がってるみたいですね」

「ああ、そういうこと……」

つまり、はっちゃけってやつか。

「きっとそれなりに腕はいいのね、あの大きな花瓶は作れる職人が限られると思うもの。でもそれだから、小さくて繊細《せんさい》なものは苦手なのではないかしら」

皇国一の職人のプライドにかけて、苦手とは言いたくなかったとかありそうだ。マイナスの情報ほど明確に提示すべきなんだぞ、おっさん。

あと、女二人だからって舐《な》めてかかられたのは、確実にあるだろうな。二十一世紀の日本でも、相手が女だと居丈高《いたけだか》に出る奴がちょいちょいいたくらいだ。ましてこの世界、男尊女卑《だんそんじょひ》は色濃《いろこ》い。

「今度は細かいものが得意な工房を探してみてほしいわ」

「まだあのガラスペンを作りたいですか」

「もちろんよ、ミナ。簡単に諦《あきら》めるつもりはなくってよ」

一度や二度で諦めない。社会人なら当然なのさ。

「お嬢様。それなら、もう少しここでこのまま待っていただけますか」

「ここで？」

「はい」

いつも通りの無表情だが、ミナにはあてがありそうだ。

「よくってよ、ミナがそう言うのなら」


待ち人はすぐに現れた。

ガレン工房の職人の一人、レフと呼ばれていた青年が、同僚《どうりょう》の目をはばかるような様子で工房から出て来たのだ。そして、目の前に公爵家《こうしゃくけ》の豪華《ごうか》な馬車がまだ停《と》まっているのを見て、目を丸くした。

「お嬢様に用かい」

馬車の外に立ったままのミナが、ぶっきらぼうに声をかける。

「はい！　あの、はい、そうです」

レフはびくっとしたが、すぐ腹をくくったようにミナを見た。

「あの、さっきのご注文……。詳《くわ》しいお話を聞きたくて」

「あんた、お嬢様が欲しい物を作れるの」

ずばりとミナが尋《たず》ねる。

レフはひどく生真面目《きまじめ》な表情で答えた。

「詳しく聞いてみないと言い切れません。でも、作れるような気がします。……というより、僕の手で作ってみたいと思ったんです」

馬車の中からその表情を見て、エカテリーナは思わず微笑んだ。

職人の業《ごう》を感じるね！

課題があれば食いつかずにいられない、難しいものを作れと言われたら寝食《しんしょく》忘れて作る方法を考え続ける。ＳＥだって職人みたいなところがあったからね、気持ちはわかっちゃうよ。

はっ！　てことはこの人、過労死フラグが⁉

「あんた、時間はあるの」

「すみません、それが、今は駄目《だめ》なんです。ちょっと仕事を抜《ぬ》けてきただけなので。ですが、もう少ししたら昼休みが取れます」

ちらとミナが見上げてきたので、エカテリーナはうなずいた。

「お嬢様はあんたと話してもいいって仰《おお》せだ」

レフは深く頭を下げた。

「ありがとうございます。僕、レフ・ナローです」

ここではなんなので、と大変もっともなことを言われ、エカテリーナとミナはここで待っていてほしいとレフから指定された住所へ、馬車で移動した。

移動先も工房のようだが、扉《とびら》に南京錠《なんきんじょう》がかけられ閉鎖《へいさ》されている。年季の入った小さな看板に書かれた名前は『ムラーノ工房』。

なるほど、という感じだ。レフは元々ここの職人で、親方亡きあとガレン工房に移ったのだろう。

「レフって奴は、ここで仕込まれたから口のきき方をわきまえてたんですね」

「そうね、きっと貴族や大商人からの注文が多かったことでしょう。応対に慣れていたのね」

そんな話をしながら待つうち、ほどなくレフが走ってやって来た。

「お待たせしました。鍵《かぎ》を借りてきましたから、中へお入りください」

入ってみると、同じガラス工房であるからしていくつかの炉《ろ》があるなど、先ほどのガレン工房に似ているが、こちらのムラーノ工房は構造がより効率的な気がする。機能美すら感じさせるたたずまいだ。

親方が亡くなったのは一昨年前と言っていたろうか。しかし埃《ほこり》は積もるというほどではなく、空気もそこまで澱《よど》んではいない。レフが定期的に掃除《そうじ》しているのかもしれない。整然とした雰《ふん》囲気《いき》があるのは、この工房が閉まる前から整理整頓《せいとん》が行き届いていたからなのではないだろうか。

ものづくりの現場では、整理整頓は大事なはず。いわゆるカンバン方式は、物のありかを明確にするところから始まっていたような。

ムラーノ親方は、なるほど優《すぐ》れた職人だったに違《ちが》いない。

工房の隅《すみ》にかかっていた白い布を取り去ると、やはりソファセットがあった。ガレン工房のものより上等なそれを、レフはエカテリーナとミナに勧《すす》めて、自分も向き合って座る。

そしてエカテリーナから渡《わた》されたガラスペンの絵を、真剣《しんけん》な眼差《まなざ》しで見つめた。

「先端《せんたん》に溝《みぞ》を刻むんですね。螺旋《らせん》状に、複数の溝を」

「ええ。そうすれば羽根ペンより、はるかに多くのインクを吸い上げることができるはずですの」

「持つ部分のデザインは変えてもよろしいでしょうか」

「滑《すべ》り止めになり、見て美しいデザインであればなんでもよろしくてよ。いかがかしら」

エカテリーナに言われて、レフは絵から顔を上げる。

「細長いですから、問題は強度だと思います。特にこの先端。普《ふ》通《つう》のガラスで作ったら、ちょっと強く当たっただけで欠けてしまうでしょう」

さすがプロ。先端がもろいのは、ガラスペンの弱点だ。

前世で友達につられて買ったガラスペンは、硬質《こうしつ》ガラスだったのでそこはましだったんだけど。

「では、難しいかしら」

「普通なら。――でも、ちょっと見てくださいますか」

レフは立ち上がり、近くの棚《たな》にかかった白い布の下からグラスを取り出す。昨日レストランで使ったものに似て美しい色合いに華麗《かれい》な装飾《そうしょく》が施《ほどこ》された、しかしあれより高さが低い、ブランデーグラスに近いタイプだ。

色は赤。確か、赤いガラスは他《ほか》の色より高価なはず。着色に溶《と》かした金が必要だから。

それを手にして戻《もど》ってきたレフは、ソファセットのテーブルの上で、ぱっとグラスから手を離《はな》した。

「！」

エカテリーナは思わず息を呑《の》む。ゴッ、とテーブルに当たって、グラスは小さく弾《はず》んで転がった。

レフは微笑《ほほえ》む。

「大丈夫《だいじょうぶ》です。壊《こわ》れません」

ない。

グラスを拾って差し出したので、エカテリーナは受け取ってじっくりと見てみた。傷ひとつ
「ムラーノ工房《こうぼう》のグラスは美しさだけでなく、落としても簡単には壊れない強度が特徴《とくちょう》なんです。ムラーノ親方が編み出した加工方法で生まれる強度です。細長いペンだともう少し壊れやすくなってしまうと思いますが、普通のガラスで作るより、はるかに強いものにはできます」

「あなたは、その加工方法をご存知ですの？」

「はい、親方から受け継《つ》ぎました。このグラスは、僕が作ったんです」

その言葉を聞いて、エカテリーナはあらためてじっくりとグラスを見つめた。

グラスの評価ポイントなんてわからないけれど、形に寸分の歪《ゆが》みもなく厚みは均一、赤の発色は鮮《あざ》やかで色ムラなど見当たらない。

高価な素材で作るグラスを任されるなら、レフは親方に評価されていたのだろう。

「わたくしガラスには詳しくありませんけれど、美しいこと。素晴《すば》らしい腕前《うでまえ》と思いますわ」

「ありがとうございます。親方の作はこれよりはるかに凄《すご》かったですけど、僕の作品もムラーノ工房の名前で出せると認めてもらっていました」

そうか、ムラーノ親方の作と言いつつ、工房全体で製作していたわけだ。それが普通なんだろうな。そういえば前世で画家のレンブラントの作品とされていたものが、正しくはレンブラント工房の作品であって弟子《でし》の絵が多いとわかって、いろんな美術館の絵を本人の絵かどうか

鑑定《かんてい》し直したことがあったと聞いたことが。

弟子の絵だったんでがっかりした美術館が多々あったらしいけど、本人並みの絵が描《か》ける弟子を多数育てたレンブラントは偉《えら》かったんだなー、と思ったな、うん。

なんて思っていたら、レフが深刻な顔で言った。

「でも、問題があるんです」

「まあ、どのような？」

「この強度は、ここでなければ、ムラーノ工房でなければ出せません。親方の工夫《くふう》が詰《つ》まったあの炉に火を入れなければ、作ることはできないんです」

え。

「この工房は、今売りに出されています。親方に借金があったので。親方は素晴らしい職人だったけど、商売は苦手でした。騙《だま》されたこともあったりして。それで、親方が亡《な》くなったらすぐ工房を獲《と》られてしまったんです」

思いつめた表情で、レフはエカテリーナを見つめた。

「でも僕は、ここで働きたい。ここでしか作れないものを、ここで作りたいんです。だから、お嬢様《じょうさま》、どうかお願いです。この工房を、買ってください！」

は!?

レフは深々と頭を下げている。

「ガラスペンでもグラスでも、お嬢様が欲しいものはなんでも作ってみせます。それに、決して損はさせません。ムラーノ工房の名前はまだ忘れられていません、親方に仕込んでもらったこの腕《うで》で作った品は、それなりの値段で買ってもらえるはずです。……その、僕は商売はやったことないですけど、頑張《がんば》りますから。僕の給金なんか、うんと低くて構いませんから。だから、どうか、この工房を助けてください」

「た、助けるとおっしゃいまして？」

「ガラス工房じゃない、違う工房をやりたい誰《だれ》かに、ここを買われてしまったら。親方の炉は壊されてしまうでしょう。それはあんまりです。あれには価値があるんです。世界にひとつしかない、あれだけが生み出せる美しいものがたくさんある。そういうものなんです。無茶《むちゃ》を言っているのはわかっています。でも、ここを買える人なんてそういません。きっとこれが唯一《ゆいいつ》の機会だ。どうかお願いです。お嬢様、この工房を買ってください」

「……」

いや……私、ただプレゼントを注文したかったんですが。

工房まるごと買ってって。

プレゼントじゃなくて前世の人気番組、プロジェクトなんちゃらみたいな話になってるんですけど!!

公爵邸《こうしゃくてい》へ帰宅したエカテリーナは、さっそく工房の件を兄に相談しようと動き出した。

しかし執務《しつむ》室を目の前にして、止まる。廊下《ろうか》にたたずんで進めないまま、ひたすら同じことばかり考えていた。

どうしてこうなった。

前世のネットスラング的アレですが、今の心境はガチです。他に言葉が出てこないです。

どうしてこうなった！

だって、ただガラスペンっていうものを作ってほしいなー、って頼《たの》みに行っただけなんですけど。

そしたらガラス『工房』を買うことになったでござる。

おかしい。どう考えてもおかしすぎる。

何も要《い》りませんから一緒《いっしょ》に皇都見物してください、ってお願いした舌の根も乾《かわ》かないうちにそんなもの欲しがったら、いくらシスコンのお兄様だって呆《あき》れるよ……。もしかしたら説教かも。

……いや、買わなければいいだけだよね。わかってる。

工房のお値段を訊《き》いてみたら、日本円に換算《かんさん》すれば数千万円でしたよ。そりゃそれくらいするよねって感じだけど。

ガラスペンのために出す金額じゃない。

他の工房にあたってみれば、普通に請《う》け負ってくれるところがあるかもしれない。探せば良いだけだよね。

レフ君にだって、わかった私が工房買う！　と断言したわけじゃない、相談してみる、と言っただけ。何度も何度も、よろしくお願いします、って頭を下げていた彼だけど、そもそもが無茶な話だと理解しているようだった。駄目《だめ》だったと伝えたら、がっかりするだろうけどそれで終わるだろう。

わかってる。

だけどね！

……好きだったんですよ、前世で。

プロジェクトなんちゃらとか。

経済系ドキュメント番組とか。

プロフェッショナルの、お仕事のなんちゃらとか。情熱な大陸とか。

ドラマよりその手の、ノンフィクションとかドキュメンタリー系がね……好きだったんですよ。職人の心意気とかツボで……。

『ここでしか作れないものを、ここで作りたいんです』

『あれだけが生み出せる美しいものがたくさんある。そういうものなんです』

くうっ、レフ君の発言、めっちゃツボる！

そして、廃業《はいぎょう》の危機を乗り越《こ》えて企業《きぎょう》再生……とかなったら。それはもうツボ！　大好物です！

ああっ、脳内で前世の超《ちょう》大物シンガーソングライターさんによる、主題歌熱唱がエンドレス！

いやもうわかったから。地上のお星様を、お空に昇《のぼ》らせてあげろとおっしゃるわけですね。

そしてユールノヴァ公爵家《こうしゃくけ》なら、工房を買うことが可能という……。

しかーし！

数千万円よ!?　それに工房《こうぼう》買うって、中小企業を買収するのと同じだよね？

そんなもんをねだる十五歳女子。おかしいだろ。ドレスとか宝石がささやかに思えるわ。令《れい》嬢《じょう》の贅沢《ぜいたく》を超《こ》えてるわ。

買ったら、経営していかないとならないよね。ランニングコストもかかってくるよ？　赤字垂れ流しなんてことになったら、さらなる金銭的迷惑《めいわく》をユールノヴァ公爵家にかけてしまうやないかーい。

そんなことできるのか？　社会人だったけど経営なんて、前世でも経験ゼロだぞ。でもこれ飼ってーってねだるなら、最後までちゃんと面倒《めんどう》見るんですよ！　って……あ、飼うじゃない買うだわ。

いや、アホな一人漫才《まんざい》はおいとけ、自分。

レフ君も言ってた通り、勝算は充分《じゅうぶん》あるんだから。

レストランの支配人ムーアさんも言っていた、ムラーノ親方の作品は価値が高まるばかりだって。それなら、親方自身の作品でなくても、ムラーノ工房の作品なら欲しがる人は必ずいる。

それに、レフ君がいる。彼なら工房の作品を、ムラーノ親方が健在だった頃《ころ》と同様のクオリティで提供することができる。

レフ君は今、二十二歳だそうだ。十歳の時に親方の工房に徒弟《とてい》として入り、翌年には職人として認められたと言う。

普通《ふつう》は徒弟を卒業するのに二年以上かかる、とミナが言っていた。普通の工房以上に高いレベルを要求される皇国最高のムラーノ工房で、わずか一年で一人前と認められたなら、レフ君はきわめて優《すぐ》れた才能の持ち主。ギルドの親方試験というのにも合格していて、自分の工房を持つ資格もあるそうだ。それなのに、親方のもとでもっと腕を磨《みが》きたいと、ムラーノ工房に残っていた。

……この経歴がまたツボなんだよ……レフ君、君は健康グッズのツボ押し棒か。

と、とにかく！　お兄様と公爵領幹部の皆《みな》さんにプレゼンだ！

と言っても今日は頭出しで。反応を見つつ、ハードルを設定してもらって、レフ君と一緒にその問題を解消する方法を考えて。後日リトライで本格プレゼンしよう。

まずは情報収集。そういうつもりで、ビビらず動け。頑張れ自分。

あ、脳内の音楽がチェンジした。もじゃもじゃ頭のバイオリニスト氏が、情熱的な大陸番組の主題歌をかき鳴らしております。

その勢いを借りて、いってみよう。


執務室に現れた妹を見て、アレクセイは微笑《ほほえ》んだ。

「エカテリーナ、何か用か」

「お兄様……実は、お願いがございますの」

「ほう」

むしろ喜ばしげに、アレクセイはネオンブルーの瞳《ひとみ》をきらめかせた。

「言ってごらん、何でも」

「あの……わたくし、欲しいものがあるのですわ」

視線を落として組み合わせた両手をもじもじと動かし、エカテリーナはどきどきしている。

「お前がものを欲しがるとは珍《めずら》しい。何かな」

「ガラスの……工房ですの」

「工房？」

「お兄様、覚えておいでかしら。お連れくださったレストランで、美しいグラスに目を留めましたでしょう。少し気になってミナに調べてもらいましたら、あのグラスを作ったムラーノ親方は亡《な》くなったのですけど、その工房が売りに出ているそうですの。そこで働きたいと言っている親方の弟子《でし》も見つかりましたから、工房を買えば自由にあのような美しい物を作りだすことができますわ。わたくし、それが欲しいのです」

ふっ、とアレクセイの唇《くちびる》がほころんだ。そして、声を上げて笑い出す。

「これだからな。お前は自由な発想に優れている、と言っただろう？　私は職人の作品を探して買うことを考えた、しかしお前は工房を探して、これから作品を作らせると言う」

そして彼は視線を転じ、部下たちの方へ目を向けた。

「ハリル、手配を。キンバレイ、新規事業扱《あつか》いにしろ。——ああ、エカテリーナはキンバレイは初めてかな」

「はい、お初にお目にかかります」

六十歳前後と思われる痩身《そうしん》の男性が、立ち上がって一礼する。大きな鷲鼻《わしばな》と禿頭《とくとう》、それに灰色というより銀色と言うべき瞳の色が特徴的《とくちょう》な、意志の強そうな人物だ。

「エメリヤン・キンバレイと申します。ユールノヴァ公爵領の財務長を務めております。お嬢《じょう》様《さま》、お噂《うわさ》はかねがね——しかし聞きしに勝《まさ》るお方でいらっしゃいますね」

え、どんな噂をされてるんだ怖《こわ》い！

「キンバレイ様、初めてお会いしましたのに、このようなお願いをお聞かせして心苦しゅうございますわ。財務長でいらっしゃるなら、このような無駄遣《むだづか》い、ご不快に思われたことでございましょう」

恐縮《きょうしゅく》してエカテリーナは言う。しかしキンバレイは、思いがけないことを言われたように目を見張って、笑顔《えがお》で首を振《ふ》った。

「不快などとんでもない。無駄遣いどころか、財務長としてたいへん楽しみなことでございます」

え、楽しみ？

「しかしムラーノ工房とはまた、目の付け所がさすがでいらっしゃいますね」

ハリルがにんまり笑った。

「親方の名声は衰《おとろ》え知らずです。市場では作品の価格も吊《つ》り上がっておりますし、直伝《じきでん》の弟子がそれなりの作品を作ってムラーノ工房の名で出せば、飛ぶように売れることでしょう」

ああっ、プレゼンのアピールポイントがネタバレ！

ガラス工芸品なんてユールノヴァ領の商業と直接関係ないのに、そんなのよく把握《はあく》してるな。ハリルさんのマーケティングリサーチ力、すごすぎる。皇国の物の動きで知らないことがないんじゃないかこの人。

「儲《もう》けのことなど気にしなくていい。新規事業と言ったのは会計処理だけのことだから、工房にはお前の好きなものを作らせればいいよ」

アレクセイが甘く微笑む。

「あ、あの、お兄様。このようなわがままを申し上げて、心苦しゅうございますわ。気軽に買いたいなどと言ってしまいましたけれど、金額があの」

「金額まで確認《かくにん》したのか」

いやお兄様、微笑ましそうなのはなぜですか。

そして金額を言っても表情がまったく変わりませんね？　なぜですか⁉

「皇都の工房の価格としては妥当《だとう》か」

「設備がガラスに特化しているでしょうし、別の用途《ようと》に使うにも高温に耐《た》える炉《ろ》など壊《こわ》すのも大変ですから、なかなか売れないはずです。もっと下げさせられるでしょう」

いや待ってお兄様、ハリルさん。

な、なんだろう。思ってたのと展開が違《ちが》う。

私は皆さんにプレゼンしに来たんですが。お兄様に呆《あき》れられる覚悟《かくご》を決めて来たんですが。

「ガラスというのも面白《おもしろ》いですね。原材料は白砂だと聞いたことがあります。もしかすると公《こう》爵《しゃく》領でも採取できるところがあるかもしれません。大叔父《おおおじ》様のアイザック博士ならご存知でしょう」

いやアーロンさん、忙《いそが》しいのに自分から仕事増やしてどうしますか。

あ、でもそしたら原材料お安く買えるようになってありがたいかも？　……ってセコい考えに走るんじゃない自分！

いやだからちょっと待ってー！　ついていけてないけど、もしかして購入《こうにゅう》決定したの一!?

「あのお兄様！　どうかご当主として、忌憚《きたん》のないお言葉をくださいまし。このような無理を申し上げて、わたくしあまりにわがままではありませんでしょうか。もう少しご検討を」

「私が公爵である限り、お前が望むものはすべてお前のものだ。何ひとつわがままなどではない」

お兄様が真顔……。

「いえお兄様、そのような仰《おお》せはおやめくださいまし。わたくしのような未熟者に、望みをすべてかなえるなどとおっしゃるべきではございませんわ」

人間って変わるんですから。もし私が堕落《だらく》して、とんでもない贅沢《ぜいたく》をしたがる奴《やつ》になったらどうするんですか。

「心配はいらないよ、おのずと限度はある。もしお前が皇都に皇城と同じ大きさの城を建てて住みたいと言ったら、力及《およ》ばずで許してもらうしかないだろう」

ちょっと何言ってるかわかりません！　そのレベルは限度と言えませんから!!

皆さーん！　お兄様になんか言ってー！

「ご心配には及ばないかと。お嬢様なら、もっと思いもかけない壮大《そうだい》なわがままを言ってくださることでしょう。玄竜《げんりゅう》を庭でお飼いになりたいというような」

……いやノヴァクさん、そういうのは求めてない。

お兄様に苦言を呈《てい》して。

ていうか、ツッコミ入れて。ボケにボケを返さないで。

なんだよもー！　壮大なわがままなら言ってやるー！

前世のお笑い最大手さん！　大至急ツッコミの精鋭《せいえい》を大量に緊急《きんきゅう》発進的に転生させてくださーい！

ってお前が一番ボケだ、自分！

おかしい。お兄様はシスコンだから仕方ない（のか？）としても、他《ほか》の皆《みな》さんまでなんかおかしい。

なんなの、この世界じゃシスコンは空気感染する病気なの？

「もしや玄竜を庭で飼いたいというのは、お祖父《じい》様がおっしゃったことか」

「たまにこのような、どう対処すべきか悩《なや》ましいことを仰せになりましたな」

……お兄様とノヴァクさんの会話で、理解しました。他の皆さんは、お祖父様ラブの余波ですね。発想が自由だったお祖父様がやりそうなことだから、むしろ歓迎《かんげい》なんですね。

あとはそうか、長年クソババアのアホみたいな浪費《ろうひ》に慣らされてきた皆さんだから、工房《こうぼう》はリターン見込めるからまともな買い物、くらいの分類になるのかも……。

き、切り替《か》えよう。

目的はガラスペン開発！　プロジェクトなんちゃらの本題はこれからだ！

お兄様の誕生日に間に合わせるのは無理かと思ったけど、なんとかなるかもしれない。お兄様に喜んでもらえるように頑張《がんば》ろう。

私だって負けずにブラコン極《きわ》めてやるんだから――！

なんの闘《たたか》いだかよくわからないけど――！


「それでは、楽しくお過ごしだったのですね」

週明け。女子寮《りょう》から教室へ向かう道すがら、尋《たず》ねられて兄と出かけた日のことを話したエカテリーナに、フローラは微笑《ほほえ》んで言った。

「ええ！　ずっとお兄様にエスコートしていただいて、それはそれは楽しい一日でございましたわ」

うきうきとエカテリーナは答える。

その翌日が濃《こ》すぎて、お兄様とのデートがちょっと印象薄《うす》くなった気はするけど……。

でも素敵《すてき》な一日だったのは確かだよ、うん！

「エカテリーナ様は本当にお兄様と仲良しですから、見ていて私まで楽しくなります」

あー、美少女の笑顔に癒《いや》される。

フローラちゃん、ええ子や。あなたも天涯孤独《てんがいこどく》なんだから、たった一人でも家族がいるのを妬《ねた》んだりしてもおかしくないのに、そんなこと少しもないいんだもんな。

なお、皇都で生まれ育ったフローラは、週末は自分を引き取ってくれた男爵《だんしゃく》夫妻のところへ帰宅している。料理上手な夫人から、お昼に作るのに良さそうなレシピを教わってきてくれたりするのだ。

「今週末は、邸《やしき》にご一緒《いっしょ》くださいましね。薔薇《ばら》もまだ綺麗《きれい》に咲《さ》いておりましてよ」

「はい、ありがとうございます。公爵家《こうしゃくけ》のお邸にお招きいただけるなんて、とても楽しみです」

心底嬉《うれ》しそうにフローラが言う。

そう、せっかくの薔薇の季節だし、試験で一位二位という成績を取れたのは一緒に勉強したおかげだし、ということで、フローラに皇都公爵邸《てい》へ遊びにきてと誘《さそ》ったのだ。

「皆様《みなさま》もご一緒ですから、にぎやかで楽しくなりますね」

フローラへの誘いを聞きつけたマリーナ達が、なんてうらやましい！　と口々に言うものだから、ではご一緒にどうぞと言ったらさらに希望者が増え、今や来たい方はどなたでもどうぞという話になっている。クラスのほとんど、さらにそれ以外まで、やって来そうな勢いだ。

なにしろ皇帝陛下《こうていへいか》が観賞された薔薇園。見られるものなら見たいと思うのは、当然かもしれない。

行幸という大イベントを終えたばかりの邸の皆に負担をかけるのは申し訳なかったけれど、執事《しつじ》のグラハムは、ユールノヴァ公爵邸は『小規模な』パーティーでもクラス全員より大人数をもてなしてきたので、それくらいならいつでもどうぞと素敵な笑顔《えがお》で言ってくれた。

すごいなウチ。今さらだけど。

そしてその翌日には、ムラーノ工房でレフ君と会うことになっている。

昨日あっさりムラーノ工房を買ってもらえることになったので、さっそくレフ君に知らせた。報連相は迅速《じんそく》に実施《じっし》すべし。

知らせに行ってくれたミナによると、レフ君は喜ぶより呆然《ぼうぜん》としていたそうだ。うん！　その気持ちはよくわかるよ！　……私も未《いま》だに若干《じゃっかん》呆然としてるよ……。

と、とにかく週末までに、ムラーノ工房の権利を持っている金融《きんゆう》業者にハリルさんの部下がコンタクトを取って、サクッと工房を買い取ってくれることになっている。そしてレフ君には、ガレン工房を抜《ぬ》けてムラーノ工房へ戻《もど》ってもらう。週末には、あらためてガラスペンの詳細《しょうさい》をつめる打ち合わせをするつもり。

……お兄様に大金使わせて買ってもらった工房で作ったプレゼント……って、微妙《びみょう》かもだけど。でもこの世界にはない珍《めずら》しいものだし。プレゼントしたあとは商品化して、工房を黒字化できるようにレフ君と頑張ろう。

なんか忙しくなってきたけど、お兄様のためなら、いくらでも頑張れるもんね！

そしてその週はあっという間に過ぎ、週末。

皇都ユールノヴァ公爵邸の薔薇園では、四、五十人もの少年少女が行き交《か》って、咲き誇《ほこ》る薔薇の花々に感嘆《かんたん》の声を上げていた。

「そよ風が薔薇の香《かお》りで一杯《いっぱい》ですわ！」

はしゃいだ声を上げて、マリーナが深呼吸する。一緒にいたフローラ、オリガも、ふふっと笑って同じく深呼吸した。

「本当に素敵なお庭ですね。こんなに色々な種類の薔薇を、一度に見たのは初めてです。噴水《ふんすい》も、東屋《あずまや》も、何もかも優雅《ゆうが》で夢の国のよう」

「楽しんでいただけて何よりですわ」

楽しげに言うフローラに、日傘《ひがさ》の下でエカテリーナは微笑む。

ちなみにこの日傘、当然のようにミナが開いて差し掛《か》けてくれたのを、わたくし自分で持つわと主張してどうにか受け取ったものだ。乳母日傘《おんばひがさ》ってやつだよ。恥《は》ずかしいからやめて。

「うちとはえらい違《ちが》いだな。うちの庭なんざほぼ馬房《ばぼう》だから、深呼吸したら吸い込む臭《にお》いが……ぶっ」

マリーナの隣《となり》でしみじみと言いかけた彼女の兄ニコライが、みぞおちに一撃《いちげき》くらって咳《せ》き込んだ。

「こんな素敵な場所で何を口走るおつもりですの⁉　やっぱりお兄様なんか簀巻《すま》きにして置いてくれればよかったわ！」

「簀巻きとか口走るな阿呆《あほう》！　猫《ねこ》を被《かぶ》る気あるのか、お前は。おふくろなら、一発入れてもオホホとか笑ってるぞ」

「お兄様が下品なことおっしゃるからでしてよ！　この妖怪猫《ようかいねこ》はがし！」

魔獣《まじゅう》や魔物《まもの》は現実に存在するこの世界だが、実在があやしい想像上の生き物というのもあって、それを妖怪と呼ぶ。

ま、猫はがしは想像上の生き物と言えるかどうか、疑問だが。

なおニコライが一緒にいるのは、アレクセイからよければ君も来てはどうかと誘われたからだ。喧嘩《けんか》するほど仲の良い妹が心配だろう、という配慮《はいりょ》らしい。

「我が家にも馬房はございましてよ。ニコライ様、花よりそちらがよろしければ、どうぞ馬たちをご覧になって。武人でいらっしゃるなら、剣《けん》や槍《やり》などにご興味がおありかしら。我が家の開祖から伝わる武具をお目にかけますわ」

アレクセイが級友に自分から声をかけるのは珍しいと知っているから、エカテリーナは張り切ってニコライをもてなすつもりでいる。

「あれは一見の価値があるね。僕も久しぶりに見てみたい」

問題の声がして、エカテリーナは若干口元がひくつくのを抑《おさ》えられなかった。

なんで君が紛《まぎ》れ込んできてるんだ皇子ー！

うちの庭なら君はこないだじっくり見たろうが、クルイモフ家の馬車にクラスメイトと交じって皇子殿下《でんか》が便乗してるって、おかしいから！

まあクルイモフ家の馬車が公爵《こうしゃく》家に到着《とうちゃく》して、その周りを四騎《き》の皇国騎士団《きしだん》の騎士が警護しているのを見た瞬間《しゅんかん》から、もしやと思ってはいたけれども。

なんとも言えない表情のクルイモフ兄妹《きょうだい》に続いて、馬車から降りてきた皇子がしれっと『やあ』って言った瞬間、全力で『なんでやねん！』ってツッコミたくなったぞ！

皆様なるべく馬車を乗り合わせて来てくださいと言ってあったけど、それは貴族間にも経済格差はあって、みんなが皇都に馬車を持っているわけじゃないから、持ってる人はない人を乗せてあげてね、を分厚いオブラートにくるんで言ったんだよ。皇室の馬車で来たらバレバレな君のお忍《しの》びに、都合が良いように言ったわけじゃないんだからね。

君が来るなら先触《さきぶ》れよこして、警備態勢とか整えないと駄目《だめ》だろーー！

……という内心の叫《さけ》びをぎゅっと堪忍袋《かんにんぶくろ》に押し込めて、エカテリーナはきらきらしく微笑んだ。

「まあ、ミハイル様はご覧になったことがおありですの？」

「うん、昔。君のお祖父《じい》様がいらした頃《ころ》、アレクセイを訪ねてきたら、見せてくださった」

やっぱりお祖父様の頃かー。

と、ミハイルは不意に声のトーンを落とした。

「……エカテリーナ、急に来てごめん。でもここなら警備はしっかりしているし。僕も一度、みんなと気楽に散策してみたかったんだ」

う……。

そ、それは。君は生まれついてのロイヤルプリンスで、普通の貴族令息なら気軽にできる外出とかも、なかなかできない身だってことは、理解している。

学生である今が一番気楽な立場で、公爵家がどなたでもどうぞなんて皆《みんな》を招いた今日は、君にとって『皆と同じ』ができる貴重な機会なの……かな？

そういえば君のお父上、皇帝陛下は、学生時代に意中の女性を振《ふ》り向かせようとお祖父様の協力で一緒《いっしょ》にレストランで食事したりしたそうだけど、ある程度安全なところなら皇子も学生のうちはプラプラしてもいい……のかも？

「それに、この前は母上に君を独占《どくせん》されたからね。僕も、もう少し君と話したい」

え、なんで？

外交とか貿易とかのこと、いろいろ聞けてすごく勉強になったけど。君がそういうことを知りたいなら、皇后陛下と直接話せば良くない？

微笑《ほほえ》むミハイルに、エカテリーナはひたすら疑問符《ぎもんふ》を飛ばす。

「あら。エカテリーナ様、執事の方が」

はっ！　そうだった！

フローラがかけてくれた声に、エカテリーナはすぐさま反応した。

こっちから指示しないといけなかったのに。でもグラハムさん、さすがのタイミング。

近すぎず遠すぎずのベストな距離感《きょりかん》で、執事として完璧《かんぺき》な角度でお辞儀《じぎ》しているグラハムに、エカテリーナは感謝を込めて微笑んだ。

「グラハム、飲み物の準備はできていて？」

「はい、お嬢様《じょうさま》」

「ではお出ししてちょうだい。殿方《とのがた》にはお茶うけを多めにさしあげて」

「かしこまりました、そのように」

銀髪《ぎんぱつ》の執事《しつじ》は一礼し、片手を上げて合図する。それだけで、邸《やしき》の近くに控《ひか》えていたメイドや給仕《きゅうじ》たちが整然と動き出した。芝生《しばふ》の上にテーブルや椅子《いす》が運び出され、真っ白なリネンがかけられて、飾《かざ》りのように菓子《かし》が盛られた大皿やティーセットが並べられてゆく。

彼らのもとへ下がってゆく執事を見送って、オリガがほうっとため息をついた。

「さすがユールノヴァ家ほどの名家になると、執事も品格が違いますね」

「執事の理想そのものですわね。代々名家の執事を務める家柄《いえがら》があると聞いたことがありますけど、もしやそちらの出身かしら」

マリーナに尋《たず》ねるような視線を向けられて、エカテリーナは首を振った。

「グラハムの家柄は存じませんの。わたくしにはグラハムは、ずっと当家にいて見守ってくれてきた、守護精霊《せいれい》のように思えますのよ。それほど頼《たよ》りに思っておりますの。さあ、皆様《みなさま》。よいお天気ですから、喉《のど》が渇《かわ》いておられませんこと？　野薔薇《のばら》のお茶もご用意しておりましてよ、お試《ため》しくださいまし」

お茶の後にはビュッフェスタイルで昼食も提供し、略式のガーデンパーティー状態となった。

ユールノヴァ公爵家の女主人となったエカテリーナにとって、パーティーを仕切る予行演習に最適というわけだ。友達を大勢連れて来るけどいいかしら、とだけ相談したエカテリーナにそう提案してくれたグラハムは、さすが老練《ろうれん》な執事である。

これは、自分で思い付くべきだったね。家政方面の自分のスキルの低さが情けないぜ、くそう。勉強や事業と違ってこのジャンルは、知識も経験もなさすぎる。

だからこそ頑張《がんば》っていこう。

「この小振《こぶ》りなパイがたいそう美味《おい》しゅうございますわ。お二人がいつも公爵閣下へお届けになるお昼は、もしやこうしたものですの？」

「ええ、こちらはチェルニー男爵《だんしやく》夫人からいただいたレシピですのよ。当家のシェフも感心しておりましたので、お願いして使わせていただきましたの」

実はチェルニー男爵夫妻は祖父セルゲイの級友だったというエピソードを披露《ひろう》すると、級友たちのフローラを見る目がわかりやすく変わったようだった。さすが宰相《さいしょう》や主要大臣を歴任したお祖父様、今なお若者たちにも知名度ハンパないですね！

フローラに話しかける生徒も増えて、パイを褒《ほ》めたりレシピを欲しがったり、もういじめなんて跡形《あとかた》もない。

「先ほどお茶うけでもいただいたのですけど、薔薇の形をしたクッキーが素敵《すてき》ですわ。お味もとてもよろしくて、きっと公爵家伝統のお菓子なのですわね」

「僕は毎年ここへ来ているけど、あれは初めてだ。新しく工夫《くふう》したんだと思うよ。……エカテリーナ、薔薇のクッキーが素敵で美味《おい》しいと人気だよ」

「お口に合って嬉《うれ》しゅうございますわ。シェフの新しい工夫ですの」

実は、前世のロングセラー菓子パンをヒントに、シェフに作ってもらったものだったりする。あれ、名前になぜクッキーがついていたのか謎《なぞ》だったわー。そしてカロリー爆弾《ばくだん》だった。でも美味しかったな。今回のクッキーは形を真似《まね》ただけで本当にクッキーだけど、シェフが公爵家伝統の薔薇ジャムをのせて絶品に仕上げてくれた。

ちなみに公爵家伝統のお菓子は他《ほか》にちゃんとあって、薔薇ジャムの入った小さな丸いドーナッツのようなもの。意外に素朴《そぼく》だけど、我が家が古くからの家柄なればこそですね。これも美味しい。

入れ替《か》わり立ち替わり話しかけてくる級友たちに答えたり、離《はな》れたところで困っている者がいないか気を配ったりと、初心者なりに女主人として頑張るエカテリーナである。

ずっと近くにミハイルがいるので最初は勘弁《かんべん》してと思っていたが、こういう場での人のさばき方はさすがというか、複数から同時に話しかけられたエカテリーナをアシストしてくれたりするので、むしろありがたい存在だ。

特に男子が話しかけてくると、ほぼ全《すべ》てミハイルが対応してくれるのには、エカテリーナは感心している。

さすがだよ、皇子。これで君が破滅《はめつ》フラグの化身《けしん》でなかったら、毎回来て欲しいくらいだよ。

ま、フローラちゃんもずっと近くに居てくれて、いつの間にか二人、かなり親しげに話すようになってきたし、いいか。この二人を応援《おうえん》するためには、本当に毎回招くべきかもしれない。

毎回来て欲しいといえばクルイモフ兄妹《きょうだい》で、今日も仲良く喧嘩《けんか》しているが、二人ともそこに居るだけで場を温かく、心地《ここち》よくするオーラがある。それに魅《ひ》かれて、二人の周りには人が絶えない。彼らが居てくれれば、たいていのイベントは成功となりそうだ。

……しかし一番すごいというか、いっそ天晴《あっぱ》れ？　なのは君たちだな。

ソイヤトリオ！

行幸やらテストやらでほぼ忘れてたわ。いや、よく来たよね。すごい生命力というか。

まあ、よく食うこと。そして使用人を捕《つか》まえてはあれこれ文句を言ってるっぽい。味が気に入らんなら食うなよ、文句があったらベルサイユへいらっしゃい！　じゃなくて私に言えや。と思ったけど、目が合ったらビクッとなって大人しくなった……。

少年少女、特に少年たちが旺盛《おうせい》な食欲《しょくよく》で昼食を平らげた頃になると、いかに見事な薔薇園といえど、いささか飽《あ》きてきたようで、まったりした空気になってきた。

なのでそろそろ、と思ったタイミングで、庭園に緊張《きんちょう》が走る。

当主アレクセイが現れたのだ。

エカテリーナとフローラとミハイルを、一団の級友たちが取り巻く芝生の一角へ、長身の公《こう》爵《しゃく》は悠然《ゆうぜん》と歩み寄ってゆく。誰《だれ》かが声を上げて登場を告げたわけでもないのに、彼のもとへ皆《みな》の視線が吸い寄せられていった。

なんという迫力《はくりょく》。さすがお兄様。

ただでさえ高校生なんて、最高学年と新入生じゃ大人と子供って感じだよね。同じ三年生のニコライさんだって、同級生の男子たちとは体格も落ち着きも数段上なんだけど、お兄様はさらに違《ちが》うわー。

妹とミハイルの前に立つと、アレクセイは一礼する。

「ミハイル殿下《でんか》、ようこそお越《こ》しくださいました」

「突然《とつぜん》すまない。今日のことを話に聞いて」

ここでミハイルはちらりとエカテリーナを見、アレクセイへ向き直ってにこっと笑う。

「男子も大勢来るようだったから、僕も来たいと思ったんだ。とてもきれいな薔薇だから」

「……」

アレクセイがネオンブルーの目を細める。

虫に虫除《むしよ》けに来たと言われた心境……とでも言おうか、臣下として差し障《さわ》りがある内心が透《す》けて見えるようだ。

やや薄《うす》めの唇《くちびる》をわずかに吊《つ》り上げると、それは不思議なほど獰猛《どうもう》な印象の笑《え》みになった。

「当家の武具に興味がおありとか。そろそろ花にも飽きた頃《ころ》でしょう、ご案内いたします」

「忙《いそが》しい君に時間を取らせるなんて申し訳ないな。代わりの誰かに案内してもらえたらと思うけど。立派に代役を務められる家族ができたことだし」

「皇子殿下のご案内を当主以外が務めるなど、あり得ますまい」

両者とも笑顔がびくともしない。

「では男子一同で移動だね。ありがとう、よろしく頼《たの》む」

……ああ、駄目《だめ》だなあ自分。

そんな二人を前に、にこやかな笑顔を顔に貼《は》り付けたまま、エカテリーナは内心ため息をついた。

お兄様と皇子の会話に裏の意味があるようなのは解《わか》るけど、その意味を読み取ることはできない。なんだろう、武具が見たいって言葉が何かの符牒《ふちょう》になるのかな。ロイヤルとノーブルの会話は奥が深いなあ。

本人が思っているのとは別方面で、残念なエカテリーナであった。前世の頃からこの方面では友人一同に太鼓《たいこ》判《ばん》を押される残念女だった、筋金入りの残念思考が改善される日は来るのだろうか。

「エカテリーナ、後でまた」

「どうぞお楽しみくださいまし」

見送ったミハイルの背中に若干《じゃっかん》のドナドナ感があるのはなんでやろ、とエカテリーナは内心で首をかしげたが、すぐ消し飛んだ。ミハイルと共に去りかけたアレクセイが戻《もど》ってきて、つと身を寄せて囁《ささや》いたからだ。

「グラハムが褒めていた、立派な女主人ぶりだと。初めてなのに、よくやっているね」

そして、少しかがんで妹の耳元に顔を寄せた状態で甘く微笑《ほほえ》んだので、流れ弾《だま》をくらったエカテリーナの背後の令嬢《れいじょう》たちがうっと呻《うめ》いて赤面し、エカテリーナは舞《ま》い上がった。

褒められたー嬉《うれ》しーー！　いや正確にはグラハムさんに褒められたんだけど、お兄様から伝えてもらえて嬉しさ倍増！　よーし、苦手ジャンルでも頑張れるぞー！

「女性たちのもてなしを頼む。あの件だけでなく、邸《やしき》にあるものはすべて、お前の好きにしてかまわない」

「ありがとう存じますわ、お兄様」

じゃあ、女子もシークレットイベント、いってみよう。

「殿方《とのがた》が武具を見学なさる間、皆様《みなさま》も淑女《しゅくじょ》の武器をご覧になりませんこと？」

そんな風に女子たちを誘《さそ》って、エカテリーナは邸の中に入った。連れて行ったのは、小規模なパーティーが開けるほどの広さの広間。

エカテリーナがその扉《とびら》を開け放つ。と、

「まあ、すごい！」

「素敵、なんて豪華《ごうか》なんでしょう！」

女子たちがそろって歓声《かんせい》をあげた。

以前ノンナに案内されて入った広間は、今日も豪奢《ごうしゃ》なドレスの数々で埋《う》めつくされている。

しかしあの日には閉《と》ざされていた鎧戸《よろいど》が全て開け放たれて室内は明るく、空気は淀《よど》みなく、トルソーに着せられたドレスは誘惑《ゆうわく》的に華《はな》やかで、不気味さなど感じさせない。

「祖母の遺品のドレスですの」

「これがあの……！」

納得《なっとく》されたってことは、クソババアの衣装道楽は貴族社会じゃかなり知られてたってことだな。そりゃそうだよね、デザイナーのカミラさんも有名だったって言ってたもん。

「エカテリーナ様、近くで見てもよろしゅうございますかしら」

「もちろんですわ。それに、もしよろしければ」

女子一同を見渡《みわた》して、エカテリーナは皆に聞こえるようにはっきりと言った。

「お気に召《め》したものがありましたら、お持ち帰りいただいて構いませんのよ」

「！」

一同から、無言ながら熱い反応が返る。

「祖母は皇女として生まれ、我が家に降嫁《こうか》いたしました。そのような身分の場合、ドレスのような遺品は形見分けとして親しい方々にお譲《ゆず》りするものですわね。葬儀《そうぎ》の後にそうしたのですけれど、まだこれだけの品が残っておりますの。ご存知の方もいらっしゃるかと思いますけれど、祖母はたいそうファッションに関心の高い女性でございましたので。そんな祖母ですもの、自分のドレスが皇国の未来を担《にな》う令嬢方の感性を育てるお役に立つなら、きっと本望《ほんもう》でございましょう」

嘘《うそ》でーす！　わたくしのドレスが男爵令嬢《だんしゃくれいじょう》のものになるなど許されない！　とか草葉《くさば》の陰《かげ》で激怒《げきど》してると思いまーす！

だがそれがいい！

某《ぼう》サダコ式に這《は》い出てくるなら来てみろや、受けて立ったるわクソババア。土の魔力《まりょく》でとことん埋《う》めたる。

「本日これだけの令嬢方がお集まりくださったのは、祖母の導きかと思いますの。皆様ご存知の通り、二学期になりましたら学園の行事で舞踏会《ぶとうかい》がございますでしょう。その際の衣装をお考えになる時の参考になりましたら、嬉しゅうございますわ。古いものばかりで恐縮《きようしゆく》ですけれど、素材として今の流行に取り入れてみても面白《おもしろ》うございましょう。いろいろな形でご活用いただきとうございます」

ぶっちゃけ、叩《たた》き売ってくれてもええんやで。貴族といっても事情はさまざま、生活が苦しいお家もあるはずだし。

我が家が自分で売り払《はら》うと、ババア大好きだったユールマグナの当主ゲオルギーがお兄様にギャーギャー噛《か》み付いてくるに違いない上、財政が苦しいんじゃないかとか、皇室への忠誠が足りないんじゃないかとか、無用の憶測《おくそく》を生んでよろしくない。でも譲ってしまえば、あげた先がそれをどうしようと自由。

なお、遺品は侍女《じじよ》たちにも下賜《かし》される慣習があるそうだ。出入りの業者への支払《しはら》いをチョロまかすような連中なら、遺品なんか残らず貰《もら》っていってバンバン売っぱらいそうなものだけど、彼らは祖母の物には手を出さなかった。ノンナの様子からして、ずらりと並ぶドレスや宝飾品《ほうしよくひん》は彼らにとって祖母の化身《けしん》だったのだろう。それが我が家にある限り、自分たちも祖母がいた頃と同じように振《ふ》るまえる、とか思いたかったのかも。んなわけあるかい。

「皆様、まずはご覧になって。気に入るものがありましたら、ご試着なさってくださいましね。当家のメイドがお手伝いいたしましてよ」

女子たちの後ろに現れた数名のメイドを手で示す。ミナを含《ふく》めたメイドたちは揃《そろ》って一礼した。

まあサイズの問題があるから、本当に着られるかはそれぞれだけど。トルソーからはずして身体《からだ》に当てるとか、色の肌《はだ》映りを確かめるとか、できることは色々あるよ、うん。

なお、ここのドレスを見る限り、あのババアは生涯《しょうがい》、身体のサイズを変えることなく保ったようだ。そこだけは、敵ながらアッパレと言ってやるわ。そこ一点だけな。

「あら、でも……」

「そんな、どうしましょう……」

うずうずしながらも、周囲をチラチラ見回す女子生徒たち。さて、どうやって背中を押そうかな。

と思ったら、鼻息荒《あら》く広間に駆《か》け込んだ三人組が。

ほんっとに生命力強いな、ソイヤトリオ！

「まああっ、真珠《しんじゅ》！　本物の真珠がこんなに縫《ぬ》い付けてありますわ！」

「こちらは虹絹《にじぎぬ》ですわ！　話に聞いた通り、七色に輝《かがや》いて……初めて見ましたわ！」

「大変、どれが一番お高いの!?」

……本性《ほんしょう》丸出しだな、君たち。

でも、これで遠慮《えんりょ》が吹《ふ》っ飛んだね、うん。

エカテリーナは他《ほか》の女子たちを見回し、にこやかに広間へ手を差し伸《の》べた。

「では、皆様、どうぞ」

戦闘《せんとう》開始、カーン！（ゴングの音）

JKたちがきゃっきゃ言いながら、華麗《かれい》なドレスに群がっている。自分に似合いそうなものを探して広間をさまよいながら目をキラッキラに輝かせていたり、お互《たが》いにどれが似合うとか見立てっこをしては、お似合いですわそれにお決めになるべきよ！　と薦《すす》めたりしている。

わかる。なんだろうね、友達と買い物に行った時向こうが悩《なや》んでると、いいじゃん買っちゃいなよ！　と全力で薦めたくなるあの心理って。

そして、最初に見た時はクソババアの執念《しゅうねん》がこもってそうで不気味に思えたドレスの群れだけど、女の子たちが楽しそうに素敵《すてき》とかきれいとか褒《ほ》め讃《たた》えてうっとりしている姿を見ると、宝物に思えてくるわ。ドレスも本望なんじゃないだろうか。

若く明るい女の子たちの生命力が、ドレスのバーゲンセール状態でさらに燃え盛っているんだから、クソババアの執念なんか瞬殺《しゅんさつ》で退散させられるよねー。バーゲンセール浄化《じょうか》。わはは。

そんなことを考えながら、広間の奥のほうで皆の様子を眺《なが》めていたエカテリーナのもとへ、フローラがやって来た。

「皆様、とても楽しそうですね。

「ええ、よろしゅうございましたわ」

でも、フローラちゃんはドレスを選ばないのか。こういうのにがっつくタイプじゃないもんね。

「……フローラ様、ご不快ではございませんこと？」

「え？」

「見せびらかしているようですもの。きっと皆様《みなさま》も、今は楽しんでくださっていても、どこかで複雑にお思いになるのではないかしら」

ドレスを毎週新調するって、どんなに富裕《ふゆう》でも贅沢《ぜいたく》すぎる真似《まね》だけど。

この世界が前世の近世ヨーロッパや日本の江戸《えど》時代と同じような社会構造なら、ドレスでなくてもそもそも服自体が、ファストファッション全盛だった前世では想像もつかないほど、高価なはずだ。庶民《しょみん》は服を新調すること自体が贅沢。古着を買って着るのが当たり前のはず。

ここには、化学繊維《せんい》がない。石油から自在に作り出せるポリエステルもナイロンもない。

綿、絹、羊毛、麻《あさ》。手間暇《てまひま》かけて育てて、年に一度だけ収穫《しゅうかく》できる原料を、さらに手間暇かけて繊維にし、布に織り、服に仕立てる。すべて人力。たった一枚の服だって、膨大《ぼうだい》な労力をかけて、ようやく出来上がる。

絹より安価な綿だって、前世より貴重なはずだ。前世では途上国《とじょうこく》での綿花生産は、すさまじい量の農薬を使っていると聞いたことがある。そうしなければ量も質も基準を満たせないとすれば、まだそこまで農薬は発達していないだろうこの世界では、生産量は前世よりはるかに少なくて当然。

貴族ばかりの魔法《まほう》学園だけど、爵位《しゃくい》があると求められる生活水準が高くなるから、借金まみれで家名を維持《いじ》している崖《がけ》っぷち貴族も多いらしい。そういう家の子は、このドレスの群れを見て、やっぱり複雑な気持ちにはなると思う。もっと言えば、内心ムカついてるかもしれない。

「見せびらかすだなんて、エカテリーナ様にそんなおつもりがないことは皆様お解《わか》りです。不快になんて思うはずがありません」

フローラがきっぱりと言う。

ありがとう、ええ子や。

「エカテリーナ様、さきほど二学期の舞踏会のことをおっしゃいましたね。裕福《ゆうふく》でない方は皆様、今からドレスの準備で悩んでいらっしゃいました。そういう方は、これで悩みなく学園生活を送れます。エカテリーナ様がお優《やさ》しい気持ちでこうしてくださったこと、解らない方なんていないはずありません」

ええ子や……。

でも私は優しいわけじゃなく、ババアのドレスが目障《めざわ》りなだけなのよ。そりゃ前世日本の平等意識は根強いから、一部の金持ちだけがお洒落《しゃれ》するのは居心地《いごこち》悪い。ならこのドレス、みんなにあげちゃえばみんな晴れ舞台《ぶたい》でお洒落できて良くね？　と思った。うちの金持ちっぷりを見せつけるようで、嫌《いや》な気持ちにさせるんじゃないか、って懸念《けねん》は持ちつつもね。

みんなが君みたいに純粋《じゅんすい》ではないだろうし、やっぱり内心はいろいろだと思うけど、でもそう言ってくれて嬉《うれ》しいよ。

「ありがとう存じますわ、お言葉嬉しゅうございます。フローラ様は、どれかお気に召《め》すドレスはございませんでしたかしら」

「お気遣《きづか》いなく。私は見栄《みえ》を張る必要もない、気楽な身ですから」

ふふっ、とフローラは微笑《ほほえ》む。

うん、君はそう言うと思ったよ。

だから、似合いそうなの先に選んでおいちゃったぜ。

「あら、こちらにもドレスが。覆《おお》いを取り忘れていたようですわ」

と言ってエカテリーナが覆い布を取り去ると、隠《かく》れていたドレスが現れた。

白を基調とした、清楚《せいそ》なドレスだ。基本の形はシンプルだが、百合《ゆり》のように広がった両袖《りょうそで》と、スカートと襟《えり》の部分に、銀糸で編まれた素晴《すば》らしいレースが重ねられている。さらにそのレースのあちこちに、小さなアクアマリンが縫い付けられてきらめいていた。

ここにはもっと豪華《ごうか》なドレスがいくつもあるけれど、これが不思議と印象的なのは、仕立ての素晴らしさのせいだと思う。スカートのひだとか広がる袖のラインとか、最高に美しい形に縫い上げられているようだ。

「まあ、このドレス、フローラ様のためにあるようでしてよ。少し手を入れて、アクアマリンをフローラ様の髪色《かみ》に合わせた桜色の飾《かざ》りに変えれば、完璧《かんぺき》ですわ」

たぶんバレバレと思いながら、エカテリーナはフローラに微笑みかける。

しかしフローラは、エカテリーナの言葉にも気付かない様子で、愕然《がくぜん》とした表情でそのドレスを見つめていた。

「お母さんの……！」

「えっ!?」

「私の、母が縫ったドレスだと思います。このレースがとびきり高価だから気をつけないと、って言って、いつも以上に慎重《しんちょう》だったので、すごく印象に残っているんです」

そうか、フローラちゃんのお母さんはお針子さんだった。

ってこのドレス、フローラちゃんのお母さんが縫ったのー!?

マジかー！

エカテリーナは思わずフローラの手を取った。

「フローラ様、このドレスはやはりフローラ様のためにあったのですわ。フローラ様がお持ちにならなくてはいけませんわ。だって、お母様が丹精《たんせい》されたドレスなのですもの。ここでずっと、フローラ様を待っていたのですわ」

「エカテリーナ様……」

「お母様は素晴らしいお仕事をなさる方でしたのね。このドレスは、とりわけ美しゅうございますもの」

「エカテリーナ様！」

アメジストのような紫色《むらさきいろ》の目に涙《なみだ》を浮《う》かべ、フローラはぎゅっとエカテリーナを抱《だ》きしめる。

「ありがとう、ございます。嬉しいです、母の作ったドレスを着られるなんて、夢みたいです……！　公爵閣下《こうしゃく》がいつもおっしゃる通り、エカテリーナ様は女神《めがみ》様のような方です。本当に、本当にありがとうございます」

いや、お兄様のあれはシスコンフィルターだからね？

女神はヒロインの君なのよ。私はただの悪役令嬢《れいじょう》です。

だってフローラちゃんのお母さんのドレス、今はすごく清らかに見えるもん。聖の魔力《まりょく》って悪霊《あくりょう》退散させられるのかな。

ババア、往生《おうじょう》せいや。

女子たち全員が欲しいドレスを決めたので、エカテリーナは一息ついてお茶にしましょうと皆と庭園に戻《もど》った。そこへ男子も戻って来て、ちょうど全員が集合となる。

男子もなんだか興奮気味だと思ったら、武具所蔵室の近くの鍛錬室《たんれん》で、アレクセイとミハイルが長剣《ちょうけん》の練習試合をおこなったのだそうだ。

高い力量を持つ者同士の、見事な勝負であったらしい。実戦さながらの、火花散るような緊《きん》迫感《ぱくかん》がたまらなかったとのこと。

なお勝敗はあえて明確には付けなかったが、アレクセイが優勢。長身でリーチも長く、二年年長であることもまだまだ有利なのだから、当然とも言える。その相手と好勝負を繰《く》り広げた、ミハイルが立派でもあろう。

さらにニコライが下級生に胸を貸して、次から次へちぎっては投げちぎっては投げ……という感じで稽古《けいこ》をつけてくれたそうで、エカテリーナと同級の一年生男子ほぼ全員、ニコライに心酔完了《しんすいかんりょう》。『兄貴と呼ばせてください』状態となったようだ。

待てい！　皇子！　忙《いそが》しいお兄様に何させてくれとんじゃ！

本当はお兄様に時間を取らせる予定なんかなくて、男子の武具見学の案内はグラハムさんにお願いするつもりだったのに。君が予定外に来ちゃうから、当主に出てもらうしかなくなって、迷惑《めいわく》かけちゃったじゃないか。

「ミハイル様、あんまりですわ。お出《い》でいただけたことは光栄に存じますけれど、兄は日々ユールノヴァ家当主の役目と学業を両立するため、身を粉にして働いておりますのよ。時間を取らせた上に危険を伴《ともな》うようなことをさせるのは、おやめくださいまし」

アレクセイはすでに執務室《しつむ》へ戻っていて不在。兄の代弁とばかりに柳眉《りゅうび》を逆立てて怒《おこ》るエカテリーナに詰《つ》め寄られ、ミハイルは困った顔で両手を上げた。

「ごめん、エカテリーナ。アレクセイは昔から剣の練習相手でもあったから、久しぶりに手合わせをと言われて、つい」

ん？

「まあ、兄の方からお願いいたしましたの？」

「うん、爵位を継《つ》いでから身体《からだ》がなまったようだと言って。全然そんなことなかったけどね」

ああっ、しまった。

「申し訳ございません。事情も確かめず、ご無礼を申し上げてしまいましたわ」

「いいんだ、兄思いなのは君の良い所だから。こんな妹を持ってアレクセイは幸せだと思うよ」

「まあっ、恐《おそ》れ入りますわ」

ほんと？　ほんとにそう思う？

なんだよ皇子ー、嬉しいこと言ってくれるじゃないか。お兄様はシスコンだから、私がいて幸せだってよく言ってくれるけど、第三者から見てお兄様を幸せにしているように見えるならすごく嬉しいな。

「そういえば君、母上からレイピアを習いたいと言っていたよね。僕でも良ければそのうち、少し教えようか。持ち方程度なら、アレクセイも怒らないいんじゃないかな」

わー、やってみたい。

……っていや待て。待つんだ自分。

忘れるな、皇子すなわち破滅《はめつ》フラグ。フローラちゃんが一緒《いっしょ》にやるならともかく、自分がやりたいだけなら、皇子から習うのはあかんやろ。

「フローラ様、レイピアにご興味はおありかしら」

「えっ？　私、ですか。レイピア、細身の剣ですよね。興味は、あまり……」

まあ、普通《ふつう》女の子は興味を持たないよね。

皇子、すまん。私を誘《さそ》えばフローラちゃんが付いてくると思ったんだろうけど、役に立てなくてすまん。

私はグラハムさんから女主人の役割を学ばないといけないし、これからガラスペンの開発もあるのよ。

「お気遣いありがとう存じますわ。ですけれど、わたくししばらくは、家の監督《かんとく》について学ばなければなりませんの」

「わかった。アレクセイが結婚《けっこん》するまでは、君が公爵夫人の代理だものね。僕が力になれることがあれば、なんでも言ってほしい」

「お優《やさ》しいお言葉、恐縮《きょうしゅく》に存じますわ」

ありがとう、皇子。君ってほんとにいい奴《やつ》だよ。

だから破滅フラグへの危機感が薄《うす》れちゃっていけないんだけどさ。

そんな感じでこの日はお開きとなり、翌日も公爵邸《こうしゃくてい》で用事があるエカテリーナは、皆《みな》が馬車に乗り込んで寮《りょう》に帰っていくのを見送った。

その時女子たちには、抱《かか》えるくらいの大きさの箱に入れてリボンをかけたドレスを渡《わた》して、持ち帰ってもらった。皆、嬉《うれ》しそうに箱を抱きしめて、お礼を言った。

が、そうはいかなかった者が三名。

もちろんソイヤトリオ。

他《ほか》の女子は皆、一着だけドレスを選んだ。彼女たちはあれこれ目移りしたあげく、五着くらいを摑《つか》んで離《はな》さなかった。三人合わせて十五着。

ただでさえ限界まで乗り合わせている馬車なので、十五個もの大きな箱は、入りようがなかった。

「ちょっと、なんとかしなさいよ！　エカテリーナ様は、このドレスをわたくしたちに下さるとおっしゃったのよ。なら、ちゃんと持ち帰れるように方法を考えるのが、あなた達の務めじゃないの！」

公爵家の使用人に詰め寄る彼女たち。もう無茶苦茶《むちゃくちゃ》すぎて、エカテリーナは失笑《しっしょう》してしまう。

こういうの、なんか前世の大阪《おおさか》のおばちゃんっぽい。大阪のおばちゃんの、悪い面が出るとこうなるよね。いやあっちはこの辺で、一人ボケ一人ツッコミかまして笑いを取って、なんかうやむやになるんだが。

三人のところへ向かいかけたエカテリーナだったが、足を止めた。執事《しつじ》のグラハムが目くばせをしてきたので。

グラハムはソイヤトリオのもとへ向かい、慇懃《いんぎん》に一礼した。定規で測ったように完璧《かんぺき》な角度の礼。

「お嬢様《じょうさま》方、いかがなさいましたでしょうか」

「このメイドが、エカテリーナ様に楯突《たてつ》いているのよ！　ご指示に従おうとしないんですもの！」

はあ？

「わたくし達、特別にこんなに多くのドレスをいただいたのよ。なら、あなた達もわたくし達に特別な配慮《はいりょ》をするべきじゃないの。もう一台の馬車くらい、用意するのは当然でしょう」

「そうよ、そうよ」

……某格闘家《ぼうかくとうか》さーん、出番です。

『お前は何を言っているんだ』

グラハムはわずかに微笑《ほほえ》んだ。執事らしく上品な、けれどどこか不透明《ふとうめい》な笑み《え》。

「お嬢様方、わたくし共はユールノヴァ公爵家の者として、主人の意に添《そ》うため最大の努力を心掛《こころが》けております」

「あら、そう！　なら、何をすべきかわかるわね」

「エカテリーナお嬢様は、お客様方がつつがなくお帰りになることをお望みでいらっしゃいます。ご同乗のお嬢様方のご迷惑にならぬよう、こちらのドレスにつきましては、明日にでも魔《ま》法《ほう》学園の寮にお送りいたしましょう。ご懸《け》念《ねん》なく、お帰りくださいませ」

「ちょっと！　そうじゃないでしょう！」

ソイヤトリオの一人が声を荒《あら》らげる。が、グラハムは微笑《びしよう》を揺《ゆ》るがせもしなかった。

「失礼ですが、お嬢様はソフィア・サイマー伯爵令嬢《はくしやくれいじよう》でいらっしゃいますでしょうか」

「そうよ！」

つん、と顎《あご》を上げてるキミ、ソフィアって名前なのか。ソイヤと近くてびっくりだわ。そしてサイマーなのか。グラハムさん、なんで知ってるんですか……すげえ。

なお後に知ったが、ソイヤトリオは三人ともソフィアという名前だった。なんかすげえ。

でも私にとって君たちはずっとソイヤトリオだよ、うん。サイマー嬢はソイヤ一号とでも呼ばせてもらおう。

「わが伯爵家を知っているなら……」

ソイヤ一号が言いかけた時、グラハムが身を屈《かが》めて何か囁《ささや》いた。

それだけで、一号の顔色が明らかに変わった。

グラハムはふたたび一礼する。

「お客様、つつがなくお帰りくださいませ」

「わ、わかったわよ！」

そして、ソイヤトリオはあたふたと帰っていった。

グラハムさんお見事すぎる……うちの執事が魔法を使える件。


ソイヤトリオよ、君たちは目先の欲《よく》に目が眩《くら》んで、大切なものを失ったかもしれないぞ。

それは、婚活《こんかつ》市場における物件価値だ。


皇国全土から、基準を満たす魔力《まりょく》を持つ貴族の少年少女が集まる魔法学園。

そこは、婚活市場の最前線に他ならない。

いや、十五歳から十八歳は魔力の伸《の》び盛りで、ここで制御《せいぎょ》をしっかり学ぶことが重要。それが魔法学園の最大の存在意義なのは確かだよ。

けど、この年頃《ごろ》ってこの世界では、まさに結婚適齢期《けっこんてきれいき》なんだよね。

貴族の結婚は家のためにするものだけど、親が用意した縁談《えんだん》より条件の良い相手を学園でゲットできれば、親だって認めてくれる。ここで恋《こい》をして、好いて好かれた相手と結婚したい。

多くの生徒がそう願っている。ということが、だんだん解《わか》ってきた。

ていうか、自明の理なんだろーなー。

すまん。恋をしたいとか青春とかにうとくてすまん。だって私には恋愛《れんあい》イコール破滅フラグなんだ！

私のことはおいといて、実は皇国も、生徒たちがここで結婚相手を見つけるのを狙《ねら》ってるんじゃないか？　魔力を持つ者同士の婚姻《こんいん》を推奨《すいしょう》して、魔力保持者の質と数を保つことも、学園の存在意義のひとつじゃないのか。だから平民でも、魔力が強ければ強制入学させる、なんて話になるんじゃないの？　平民の魔力保持者こそ、その血筋を取り込むべきターゲットに違《ちが》いないのだから。

フローラちゃんなんかモロにそれ。だから、皇子が見初《みそ》めても、身分違いだからダメ！　とはならないんじゃないか。

もうね、それに気付いたら、魔法学園が壮大《そうだい》なる合コン会場に思えてきたわ。国家にセッティングされた、学園コン？　うん、学園コンだよ。なんという国家の罠《わな》。

ま、少年少女たちにとっちゃ、国の思惑《おもわく》なんか関係ないけど。

ともあれみんなすでに婚活市場に参戦していて、タイプの相手にときめいたり、隕石《いんせき》のように降ってきた一目《ひとめ》惚《ぼ》れにあたふたしたり、クレバーに条件に合う相手を引っ掛《か》けたり、していく訳なんだろう。

ある意味では本人の方が結婚相手に求める条件がシビアというか、高望みしがちじゃないかな。見た目が好みで、家は自分の家より身分もお金も上であってほしい。玉の輿か逆玉の輿《こし》を狙うとは言わないけど、そうなれたら嬉しい。夢と希望と無謀《むぼう》に胸を膨《ふく》らませてたりするのが若者だよ。

で、ソイヤトリオだけど。

馬車に乗る時には、男子もその場にいたわけで。強欲《ごうよく》さを剝《む》き出しにしたのもまずかったけれど、あれだけガツガツするなら、実家の経済状況《じょうきょう》もあやしいと思われただろう。条件の良い相手に見初められる可能性は、かなり下がった。というか、ゼロに近いんじゃないだろうか。元は可能性があったのかは知らんけど。

アホだなーと思いながらもだんだん憎《にく》めなくなってきたもんだから、ソイヤトリオについてつらつら考えてしまった。

まあ、強く生きろ。いや、あれ以上強くなられても困るか。

しかし、そんな強すぎるソイヤトリオを一言で黙《だま》らせたグラハムさん、ソイヤ一号に何て言ったんだろう？

そんなわけで、客たちが全員帰った後、エカテリーナはグラハムからパーティーの収支報告を受ける場でこう切り出した。

「グラハム、さきほどはわたくしの同級生が迷惑《めいわく》をかけて申し訳なかったことね。サイマー嬢への対処の見事さには感服してよ」

「恐《おそ》れ入ります、お嬢様」

「あの時、何を言ったのか訊《き》いても良くって？」

「このように申し上げました。サイマー家は当家に借金がお有りのようですが、今このドレスを返済にあてて頂いても構いません、と」

うわあ。

「そうでしたの、あの方が豹変《ひょうへん》したのも無理もないことね。そのようなことまで把握《はあく》していて、あの方の名前もわかっているなんて、驚《おどろ》くべき能力ですわ。わたくしには、とても無理」

「いえ、把握はしておりません」

グラハムはあっさり言った。

「お嬢様、当家は業務として金銭をお貸しすることはございませんが、さまざまなお支払《しはら》いに混じって借金の証文《しょうもん》が入ってくることは、実際ございます。ですが、わたくしは当家が持っている証文がどちらのお家のものか、どれだけあるか、存じません。ただ貴族のお家は、額の大小はあれど借金はある方が普通《ふつう》でございます。わたくしは、当家に借金がお有りの『よう』と申し上げた、それだけのことでございます。サイマー様のお名前は、お茶をお出しした時点のご様子により、ミナが教えにまいりました。ミナはお嬢様と同じ寮《りょう》の方を、全員存じ上げているそうですので」

……うっわー……。

まさかのハッタリ！

マリーナちゃんが執事《しつじ》の理想と言った、品格あふれる公爵家《こうしゃくけ》の執事の顔で、しれっとハッタリかましてたのか！

「まあ、ほほほ！」

笑い出したエカテリーナは、拍手喝采《はくしゅかっさい》した。

「なんという、お見事な演技かしら！　わたくし、感動しましてよ！　さすが、お祖父様《じいさま》ご鍾愛《しょうあい》の名優ですわ。あまりに素晴《すば》らしい演技に、そこが舞台《ぶたい》であることに気付かないほどでしたことよ。まさに名場面でしたわ」

すると、グラハムは立ち上がってお辞儀《じぎ》をした。いつもの完璧《かんぺき》な執事のそれではない、まるで舞台俳優のように大袈裟《おおげさ》で華麗《かれい》な礼。

「わたくしごときの田舎芝居《いなかしばい》に最高の賛辞をいただき、光栄の至りにございます」

エカテリーナはにっこり笑った。

エカテリーナがマリーナたちに言った、グラハムの家柄《いえがら》を知らないという言葉は嘘《うそ》ではない。彼がどんな家に生まれたのか、エカテリーナは知らない。だが、祖父セルゲイに仕える前、どんな暮らしをしていたかは本人が話してくれた。

グラハムは、旅の芝居一座で役者をしていたのだそうだ。

その一座がユールノヴァ領へやって来た時、運悪く魔獣《まじゅう》に襲《おそ》われた。駆《か》け付けたユールノヴァ騎士団《きしだん》によって魔獣は倒《たお》されたが、一座は全滅《ぜんめつ》。たった一人グラハムだけが生命をとりとめた。生き残ったものの、すべてを失って生きる気力もなくしたそうだ。

三十数年前のことで、当時グラハムは二十代後半だろう。一座に、家族がいたのではないか。彼はそれについては、語らなかったけれど。

騎士団のもとで傷の治療《ちりょう》を受けながらも、抜《ぬ》け殻《がら》のように生気なく過ごしていた彼に、祖父が声をかけた。従僕が急に辞《や》めてしまって困っている、と。

『君は役者だろう。治ったらしばらく私と一緒《いっしょ》にいて、従僕の役を演じてくれないか』

それが始まりだったそうだ。

演じることが好きだった。他《ほか》の仕事をしたくはなかった。けれど、失ったものを忘れて他の芝居一座に入る、という気にもなれなかった。そんな気持ちを見通したような祖父の言葉は、彼の心にはまり込んだ。

だから、グラハムは従僕を演じることにした。

旅芝居では、台本など有って無きがごとしだそうだ。その場に応じて、臨機応変に芝居を作り上げるのが当たり前。

そこで鍛《きた》えられたグラハムは、少し仕事の内容や心得を教えられただけで、すんなりと馴染《なじ》んだ。むしろ他の従僕より、突発《とっぱつ》事態に対応したり、難しい人物をけむに巻いたりすることが上手《うま》かった。機転のきく忠実な従僕だと、祖父が他の貴族に羨《うらや》まれることすらあった。そんなことがあると、後で二人きりの時、祖父は愉快《ゆかい》そうに拍手喝采して言ったそうだ。

『君は名優だ。ここが君の舞台だと、誰《だれ》も気付かないほどの名演技だ』

普通の人なら、君は役者より従僕のほうが向いていたのだ、良い従僕だと言っただろう。それが事実でもあったのだろう。

けれど、祖父は彼を名優と称《たた》えた。

ユールノヴァ公爵。皇族に次ぐ高貴な身分、本来なら自分など言葉も交《か》わすことができなかったはずの雲上人が、たかが旅芸人の心に寄り添《そ》って、そう言ってくれたのだ。セルゲイ公のためなら生命も要《い》らない。グラハムはそう思ったという。

皇国では、女性の高級使用人は貴族であることが多いが、それは嫁入《よめい》り前に高級貴族と関係付けをするための、箔付《はくづ》けでしかない。しかし、男性の使用人は専門職であって、身分は必要とされない。とはいえ、旅芝居の役者が公爵の側近《そば》くに仕えるなど、普通ならあり得ない。

祖父は周囲にグラハムの出自を訊かれてもはぐらかし、いつの間にか側にいた自分の守護精《せい》霊《れい》だ、などと言っていた。

それゆえ身分を問われることもなく、グラハムは、従僕から侍従《じじゅう》へ、侍従から執事へ。公爵家に仕える者の頂点のひとつに、登り詰《つ》めることができた。

「ずっと、セルゲイ公はわたくしの唯一《ゆいいつ》の観客でございました」

アレクセイはグラハムの過去を知らない。生真面目《きまじめ》な孫に、祖父はあえて伝えなかったようだ。

けれどグラハムは、エカテリーナには自分から話してくれた。

「お嬢様《じょうさま》はセルゲイ公によく似ておいでです。あの方のように、どこか自由なお心をお持ちです」

……そう言われると詐欺《さぎ》で本当にすみませんなんですが。

お祖父様は素敵《すてき》な人だったんだなとあらためて思えて、そんな人に似ていると言ってもらえて嬉《うれ》しいです。

グラハムさん、ありがとう。

あなたは確かに、お祖父様が一番愛した名優だと思いますよ。

なお後日、財務長のキンバレイさんがそっと教えてくれた。ソイヤトリオの実家に関する債《さい》権《けん》（つまり借金を取り立てる権利）は、ほとんどユールノヴァ公爵家が買い取ったそうだ。

そのことは実家からあの三人に伝わるよう仕向けたそうで、今後は彼女たちに煩《わずら》わされることはないでしょう、と。

ま、まあ、無理矢理《むりやり》陥《おとしい》れて借金背負わせたわけじゃないし、むしろ債権一本化できたし金利もかえって下がったそうだし、あちらにとっても悪い話じゃないようで。

しかしやっぱり……うちってすげえ。

でも彼女たち、それでも懲《こ》りないいんじゃないか。と、思っている自分がいる。


「お嬢様、ようこそ」

同級生を招いた略式パーティーの翌日。再び馬車で訪《おとず》れたムラーノ工房《こうぼう》で、嬉しそうに出迎《でむか》えたガラス職人のレフに、エカテリーナは微笑《ほほえ》みかけた。

「ごきげんよう、レフ。急なお話で驚かせてしまいましたわね、申し訳のう存じますわ」

「とんでもない！　僕の非常識なお願いを、こんなに早く聞き届けてくださって、本当にありがとうございます。この工房がもう売り物じゃないなんて、親方の炉《ろ》に僕が火を入れられるなんて、あんまり嬉しくて信じられないくらいです」

そう。すでに工房の購入《こうにゅう》は完了《かんりょう》していたりする。

エカテリーナがムラーノ工房を買いたいとアレクセイに相談したのは、先週末。購入の手配をアレクセイから命じられた商業長のハリルは、ほぼ即日《そくじつ》で手はずを整えてくれたらしい。

購入担当に任命されたハリルの部下が、この工房の権利者を調べて接触《せっしょく》したのは週明け早々。即座《そくざ》に金額交渉《こうしょう》に入り、最初の言い値のほぼ半額に値切り倒すまで三日。

合意した金額を一括即金《いっかつそっきん》で支払い、交渉相手と笑顔《えがお》で握手《あくしゅ》して工房の鍵《かぎ》を受け取ったのが一昨日《おととい》。

その鍵を購入担当からエカテリーナが受け取り、ミナに託《たく》してレフのもとへ届けたのが昨日。

早っ！

日本の企業《きぎょう》って、意思決定が遅《おそ》いことで世界的に悪名高いと聞いていたけど、皇国はやっぱりヨーロッパ的なんだろうか。たぶん前世のグローバルスタンダードに充分勝てるビジネススピード。

前世の社会人人生で関《かか》わった会社のほとんどは、たった一週間じゃ、購入予算の決裁承認《しょうにん》をもらうためのプレゼン資料作りをしたいですと上司を説得するのにようやく成功しましたー、程度の進捗《しんちょく》しかなかったよ。それ進捗？　って感じだけど、財閥《ざいばつ》系企業あたりだと、マジでそんなもんなんですよ。

そして、半額に値切ってもなお、工房のお値段は前世の私の年収の数倍だよ……。

ブラック企業と言ってもうちの会社は、残業代はそれなりに出た。だから私の年収って、同世代の中ではまあまあの額だったと思うのよ。

でもその数倍ですよ。

……その収入、ろくに使う暇《ひま》なく過労死したよなー……私の貯金って国庫に納められたんだろうなー……ま、まあそんなん考えてもしゃーない。

とにかく！　シスコンお兄様だけじゃなく、公爵領幹部の皆《みな》さんにまで甘やかされた感じで、ガラス工房を買ってもらっちゃったけど。

甘やかしてもらったからこそ、これ以上甘えることにならんよう気を付けないとあかんやろ。前世でも数千万円なんて、人生変えられる金額だったよ。貧富の差が大きいこの世界なら、庶民《しょみん》だったらどれだけの人の人生を変えられるかわからないと思う。それだけのお金を使ってもらった以上、公爵家《こうしゃくけ》にこれ以上の損をさせないように、できるだけのことをしなければ！

「レフ、あなたには期待していてよ。美しい、人に喜ばれるものを、たくさん作り出していただきたいの」

「ありがとうございます。僕もぜひ、そうさせていただきたいです」

「嬉しいこと。わたくし、ガラスのことは何も存じませんもの。あなただけが頼《たよ》りですの」

にっこり笑ったエカテリーナは、しかしすぐに表情を引き締《し》めた。

「ですけれど、あなた一人に全《すべ》てを負担させるつもりは、ございませんのよ。この工房はわたくしのものになったのですもの、ユールノヴァの名にかけて、公爵家の一翼《いちよく》としての恩恵《おんけい》をこの工房にもたらしますわ。そしてゆくゆくは、工房から公爵家へ恩恵を返すという義務を、果たしてみせるつもりですの」

「恩恵、と、義務……ですか」

きょとんとしたレフに、エカテリーナはうなずいてみせる。

「まずは、お尋《たず》ねしますわ。ムラーノ親方は、商売が苦手だったとおっしゃっていましたわね。

あなたはいかがかしら。親方と同じように、商売を含《ふく》めた工房のすべてを把握《はあく》したいと思って？　それとも、作品を作ることに専念できた方がよろしいかしら」

レフは息を呑《の》み、しばし視線をさまよわせた。

「その……すみません、僕は、商売とかお金のことが、さっぱりなんです。親方はいつも、おめえは俺より商売に向いてねえ、自分で工房持つよりずっと雇《やと》われ職人でやってく方が向いてるかもな、って」

「まあ。では、役割を分担することでよろしいですわね」

エカテリーナは明るく言う。

「こちらの工房の作品を販売《はんばい》する場合、公爵家の商業を担《にな》う部門が、売り込みなどを引き受けてくれると申しておりますの。ムラーノ工房のお品ならば、引く手あまたと保証してくれていましてよ。売ってみたいと、うずうずしているほどですわ」

「ありがたいお言葉です」

レフはほっとした顔で微笑む。

「今申しましたのは、グラスなどムラーノ工房の定番商品についてのお話ですの。そしてガラスペンですけれど、商品にできる水準のものを作り出せるようになるまでに、試行錯誤《さくご》が必要でございましょう。工房が軌道《きどう》に乗るまでは、新たな商品を開発する費用は、ユールノヴァ公爵家が負担することとして良いと、許可をもらっておりましてよ。——ミナ」

「はい、お嬢様」

ミナがレフの前に袋《ふくろ》を置くと、硬貨《こうか》がかちゃりと音を立てた。

「今週のお給金ですわ。ミナから聞きましたの、わたくしとお話しした後、ガレン工房を解雇《かいこ》されてしまったそうですわね」

働いた分の給金も出さずにいきなりクビって、あのおっさん雇用者《こよう》として最低じゃ。私と話をしたのに気付いたからだろうけど、ガレン親方、私の腕《うで》を掴《つか》もうとしてミナにひとひねりされたもんだから、レフ君に八つ当たりした疑惑《ぎわく》があるぞ。

「暮らしにお困りになっては商品開発どころではありませんもの、前払《まえばら》いいたしますわ。いったんムラーノ工房の頃《ころ》と同額で用意いたしましたけれど、後日あらためてきちんと契約《けいやく》いたしましょう。工房を担う立場にふさわしい額をお渡《わた》しできるよう、励《はげ》んでまいりましょうね」

「すごい、さすがご大家ですね……！　ありがとうございます」

おずおずと給金を手にして、レフは夢見心地《ごこち》という顔だ。

「それに……」

エカテリーナが言いかけたところへ、澄《す》んだ音が響《ひび》いた。風鈴《ふうりん》に似た、美しいベルの音が音階を奏《かな》でる。この工房のドアベルで、ドアの横のレバーを引くとガラス製のベルが鳴る仕組みらしい。

レフがあわてて立ち上がるより早く、ミナがすっと出ていく。そして、すぐに戻《もど》ってきた。

「薪《たきぎ》の置き場所はどこ」

尋ねたミナの後ろから、大きな薪の束を持った男が室内を覗《のぞ》き込んでいる。

「あ、はい、地下の倉庫です。ご案内します」

レフが急いで応対に出た。さすが動線がしっかり考えられたムラーノ工房、燃料は外から直接搬入《はんにゅう》できる地下倉庫に保管することになっているようだ。

大量の薪があっという間に運び込まれ、レフは呆然《ぼうぜん》とした表情で戻ってくる。エカテリーナは微笑んだ。

「お話しする前に届いてしまいましたわね、驚《おどろ》かせてしまって申し訳のうございますわ。材料や燃料などの仕入れは、公爵家の他《ほか》の事業とまとめて行うことにいたします。大量購入で価格を抑《おさ》えることができるからでしてよ。それに、仕入れを価格交渉に長《た》けた人材に任せることができますもの、工房の負担を軽くできますわ」

工房のお値段を半値に値切ってくれたことに感動して担当さんを褒《ほ》めちぎったら、ハリルさんがそう提案してくれました。工房の分も含めて購入することで、購入量が増えて価格交渉を有利にできるメリットがあちら側にもあるから、遠慮《えんりょ》なくそうしてほしいと言ってくれたので、ありがたく乗っかりました。

「それから、帳簿《ちょうぼ》をつけて利益や損失を計算する役割も、専門の知識をもつ会計士にやってもらえますの」

「そ、そんなにしてもらえるんですか」

レフは目を白黒させて、まだ実感がなさそうだ。

――公爵家に損をさせないようにと言いつつ、公爵家の資産やら人材やらを消費する気マンマンなんかい！　と心のどこかがツッコミ入れて来るんだが。

マンマンだとも！　と胸を張って返すぞ。

ここは遠慮するところじゃない。

私は経営は素人《しろうと》なんで、プロの力を借りまくり使いまくります。初心者が自力でなんとかしようなんて、考えたらあかん。

新入社員が、先輩《せんぱい》が忙《いそが》しそうだから自分の力でシステム修正しようとか、障害を復旧させようとか、考えたおかげで大惨事《だいさんじ》発生……前世でありがちな展開でしたよ。

いや先輩が忙しそうじゃなくても、できないとかわからないとかカッコ悪いこと言いたくない、ってだけで、順調ですとかほとんどできてますとかでまかせ言い続けて、突然《とつぜん》会社に来なくなったという、ワースト後輩《こうはい》もおったなー……。

うん、思い出すのやめよう。

あと、資金投入は最初にドンと入れて、駄目《だめ》なら早いとこ見極《みきわ》めつけて離脱《りだつ》するのが正しいはず。ジリ貧になってからちょっとずつてこ入れするのが、一番愚策《ぐさく》。

……なんて偉《えら》そうなことを言っていても、私のような素人にそんな見極めがつけられるか疑問だがな！

やっぱり玄人《くろうと》の手を借りるべきだよ。信頼《しんらい》できる玄人がいるならの話だけど、そこはユールノヴァ公爵家は、めちゃめちゃ恵《めぐ》まれてるからね。

「ですからレフ、あなたにはのびのびと、作品を生み出すことに集中していただきたいのですわ。わたくしはあなたに、ガラスペンを作っていただきたいの。それができる環境《かんきょう》を用意するのが、わたくしの役目と思っております。必要なものがあれば、遠慮なくおっしゃって」

「お嬢様《じょうさま》」

レフは深く頭を下げた。

「ありがとうございます。こんなにいろいろ配慮《はいりょ》をいただいて、僕は信じられないほど幸運です。薪倉庫をいっぱいにしていただいたから、いつでも炉《ろ》に火を入れられます。炉に火が入ったら、この工房《こうぼう》は生命を取り戻します。炎《ほのお》はガラス工房の生命そのものなんです。お嬢様のお望みのガラスペン、僕は必ず作ってみせます」

そしてレフは、テーブルの上にバサッと紙の束を広げた。

「ガラスペンのスケッチを描《か》いてみたんです。持ち手の部分、どのデザインがお好みでしょうか」

「まあ、さすが、わたくしの素人絵とは比べ物になりませんわ！」

写実的で美しいスケッチに、エカテリーナのテンションは一気に上がる。

昔見たダ・ヴィンチのスケッチみたいな雰囲気《ふんいき》で、これ自体が素敵《すてき》だ。

「まずは、わたくしのお兄様、ユールノヴァ公爵に使っていただくためのものを作ってほしいのですわ。ですから、男性的で上品なデザインがよろしいわ。お手が大きくていらっしゃるの、持ちやすい太さにできれば嬉《うれ》しいですわね。それから、お色は……」

テンションが上がったまま、ついついあれこれ希望を出しまくってしまい、後で反省したエカテリーナであったが。

翌週末にはレフからの連絡《れんらく》が学園に届き、ガラスペンの試作品ができたので見てほしいとのことだったので絶句した。

早!!

「お嬢様、ようこそ」

「レフ！　本当にもうできましたの？」

工房で出迎《でむか》えたレフに、エカテリーナは期待に輝《かがや》く笑顔《えがお》でわくわくと尋《たず》ねる。まぶしげな表情をしたレフは、こくりとうなずいた。

「はい、できたと思います。どうぞお確かめください」

工房の隅《すみ》にあるソファセットのテーブルに黒いベルベットの布が敷《し》かれており、そこに何本ものガラスペンが並んでいる。すべて全体が透明《とうめい》のものだ。

「まだ色ガラスは使っていません。色を出すための含有《がんゆう》物が高価ですし、まずはペン先を確認《かくにん》していただきたいと思ったもので」

「そうね、そこが肝心《かんじん》でしてよ」

とはいえ、形状がすでに美しい。ひねりが入っていたり、珠《たま》を繋《つな》いだようだったり。色ガラスになればさらに美しいだろうけれど、透明なガラスの趣《おもむき》も味わい深い。

並べられたペンの一本を手に取って、じっと見つめる。ペン先に、螺旋《らせん》状の溝《みぞ》がきれいに刻まれている。

用意されたインク壺《つぼ》にペン先をひたすと、つうっとインクが溝を走って、ペン先に螺旋の模様を描《えが》いた。

そう、これこれ！

試《ため》し書き用の紙も用意されていたので、書いてみる。まずは、自分の名前。滑《なめ》らかに書ける。羽根ペンより、引っ掛《か》かる感じがない。

名前の下に、ユールノヴァ家の紋章《もんしょう》を描いてみた。どちらの方向にペンを動かしても、やはり引っ掛かりはない。そう、これがガラスペンの長所。

そして、紋章をほぼ描ききるまで、インクがかすれることはなかった。

前世でガラスペンを買った時の説明では、一度ペン先をインク壺に浸《つ》ければ葉書《はがき》一枚くらいは書けるということで、買ってすぐ試してみたら確かにその通り、いやそれ以上だった。レフにも、ペン先の溝がうまく刻めればそれだけのインクを吸い上げるはず、と説明していたことを、見事にクリアしている。

今試してみたペンは、エカテリーナの手にちょうどいい大きさだった。

別のペンを手にしてみる。こちらは先ほどより少し大きくて、持ち重りがする。きっとアレクセイの手には、こちらが馴染《なじ》むはず。試してみると、これも、インクが美しい螺旋を描いてペン先を彩《いろど》り、さらさらと書ける。

「あの……いかがでしょうか。インクをもっと吸い上げるデザインにした方がいいですか？そうすると、見た目のバランスが少し難しくなりますが」

「いいえ、充分ですわ」

エカテリーナはそうっとペンを置いた。

そして、両手でレフの右手をひしと握《にぎ》りしめた。

「レフ、あなたは天才ですわ！　このような短期間で、一枚の絵を見せられただけのものを、よくぞここまで！　わたくし、感動しましてよ！」

「は……！　あのっ、いえ、それほどでも！」

真っ赤になって、レフは首を横に振《ふ》る。

「いいえ、よほどの天賦《てんぷ》の才がなければ、できるはずはありませんわ。あなたには素晴《すば》らしい職人としてのセンスと、洞察力《どうさつ》と理解力がありますのね。それに、未知のものに挑《いど》む好奇心《こうきしん》と、冒険心《ぼうけん》が。あなたと出会えて、わたくしなんと幸運なのでしょう」

「お、お嬢様、ありがとうございます。僕、僕、どうしたらいいか」

レフはもう泣きそうだ。

と、側《そば》に控《ひか》えていたミナが、すすっと動いた。そっとエカテリーナの手を取り、ぺりっとレフの手からはがす。そしてミナは、すすっと戻《もど》っていった。

エカテリーナは我に返る。いかんいかん、異性の手を握るなんて、令嬢《れいじょう》としてはしたない真《ま》似《ね》だった。それにレフ君、こんなに褒《ほ》めちぎったら、そりゃ居心地《いごこち》悪いよね。

でもまだ言い足りないくらいだぞ！　私はマジで感動した！　こんなに早くこんなクオリティを出せてしまうなんて、マジ天才。あまりに凄《すご》すぎて、一時間番組にしようとしても、なんだっけ、撮《と》れ高？　っていうのが足りなくて、番組にならないくらいなんじゃないだろうか。

いや、最初はそれなりに壁《かべ》に突《つ》き当たっただろう。けれど、すぐさま知恵《ちえ》と工夫《くふう》で乗り越《こ》えたんだろう。

まだ二十二歳だっけ？　君はもしかすると、師匠《ししょう》の名工ムラーノ親方を超《こ》える、巨匠《きょしょう》になれちゃうかもしれないぞ。

うん、やっぱり君は地上のお星様だよ。ツバメがお告げで教えてくれるやつだよ。君のこれからが、本当に楽しみだ。

ムラーノ工房を買ってもらって本当によかった。公爵家《こうしゃくけ》ってすごいなあ。天才のパトロンになれちゃうんだもんな。前世のメディチ家みたいかも。

「お、お嬢様。公爵閣下に差し上げるデザインは、こちらでよろしいでしょうか」

はっ！　そうだった。お兄様の誕生日までに、色ガラスで作り直してもらわないと。誕生日に間に合うタイミングで試作ができていることがすごいけど、残り日数にそんなに余裕《よゆう》はないんだった。

レフが実務的な打ち合わせを持ち出したので、エカテリーナのモードはたちまち切り替《か》わる。

「そうね、このひねりのデザインは持ちやすくて良くてよ。それから、持つ部分を膨《ふく》らませたこのデザイン。刻んである文様が美しい上に、滑《すべ》り止めになるよう考えられているところが素敵ですわ。それから……」

前回、デッサンを見ながら希望のデザインを伝えた時に、頼《たの》んだものもちゃんと作ってくれている。公爵家の武器所蔵室で見た美しい短剣《たんけん》の鞘《さや》に似せた、凝《こ》ったデザイン。

「やはりこれが、お兄様にお似合いになるわ。色ガラスでも問題なく作れて？」

「はい、大丈夫《だいじょうぶ》です」

「ではこの三種類を。ユールノヴァ公爵への贈《おく》り物にふさわしく、豪華《ごうか》に仕上げていただけるかしら。お色は以前お願いした通りに、変更《へんこう》なくてよ」

レフの目が輝いた。おそらく彼は今、完成したガラスペンを見ている。彼の脳裏《のうり》に、完成品はすでに描き出されている。

「お任せください、お嬢様《じょうさま》。僕の全力で取り組ませていただきます」

「ありがとう、頼《たよ》りにしていてよ」

微笑《ほほえ》んだエカテリーナは、ふと真顔になった。

「レフ。ひとつ、絶対に守ってほしいことがありますの」

「はい、なんなりとおっしゃってください」

「毎日きちんと食べて、しっかり眠《ねむ》って、身体《からだ》を大切にすること。守ってほしいのは、それだけでしてよ。あなたのように才能ある人は、その才能を発揮することが幸せなものですわ。眠るより、食べるより、夢中で物を作り続けて、楽しいと感じることでしょう。でも、寝食《しんしょく》を忘れてはなりません。眠ることも、食べることも、生きるために必要なことですもの。お兄様への贈り物のために、あなたの生命を削《けず》っていただくことはありませんのよ。お誕生日に少し遅《おく》れても、お兄様はきっと喜んでくださるもの。

あなたの生命は唯一無二《ゆいいつ》の、かけがえのないものですわ。あなたは、あなたを、一番大切になさってね」

正直、前世の自分に言いたい言葉だったかもね。

働いている最中は、なにがなんでもやらなきゃ！　って思い込んでいた。だけど、生命を削るほどのことだっただろうか。

自分の生命だからね、自分がもっと大事にしなきゃいけなかったんだろうな……。

だから！　せっかく前世の記憶《きおく》を持っているんだから、今生ではあの経験を活《い》かして、過労死なんてする人が出ないよう最善を尽《つ》くさねば！

「……」

レフは絶句しているようだ。

ややあって、呻《うめ》くように言った。

「……お、お嬢様がそうおっしゃるなら」

「ありがとう。約束でしてよ」

にっこり笑ったエカテリーナからそっと目をそらし、レフは呟《つぶや》く。

「でもかえって、死んでもいいから頑張《がんば》ろうって気がしてしまいます」

こら待て、なんでやねん！


その日は平日。

朝からそわそわしているエカテリーナを微笑ましく見ていたフローラが、今日のお昼は私が作りますと言ってくれた。

「でも、フローラ様。そのようなご迷惑《めいわく》をおかけする訳にはまいりませんわ」

「迷惑だなんて。エカテリーナ様と公爵閣下の幸せは、私にとっても幸せです。それに、今のエカテリーナ様は包丁や火に近付いてはいけないと思います。心ここにあらずですから」

言いながら、フローラはクスクス笑っている。いつもながら花のような笑顔《えがお》だ。

うう、ごめん。ありがとう、フローラちゃん。

でも今日は、お兄様の誕生日。この日のために準備してきたから、もうドッキドキなんで許してほしい。こんなに気合い入れたのに、喜んでもらえなかったらどうしようとか、昨夜《ゆうべ》から考え過ぎ状態だったのよ。

いや、喜んでもらえないことはないと思うけど。お兄様シスコンだから。でも、シスコンだから喜んでくれるんじゃなくて、本当に気に入って役に立つものだから喜んでもらえる、っていうものを贈りたい。だからガラスペンにこだわったんだもの。

何でも喜んでくれるから何でもいいなんて思わず、真剣《しんけん》にお兄様のためを考えますよ。私のブラコンは、お兄様のシスコンに負けませんから！

相変わらず何の闘《たたか》いだかわからないけど！

そんなわけで、昼休みになるとすぐ、エカテリーナは執務室《しつむ》に向かった。

着いてみると、アレクセイも来たばかりのようで、ノヴァクたちと共にエカテリーナを見て驚《おどろ》いた顔をする。

「どうした、今日はいつもより早いようだが」

「早くお伝えしたくてまいりましたの——お兄様、お誕生日おめでとうございます」

にっこり笑ってエカテリーナが言うと、アレクセイはネオンブルーの目を見開いた。

あ、この反応って。

お兄様……自分の誕生日、忘れてましたね！　ほんとに家のことばっかりで、自分のことは二の次なんだから。

いや、もしかすると忘れていたわけじゃないけど、特別なことはするつもりがなかった？

誕生日にトラウマがあったりしたらどうしよう。

ふ、とアレクセイは笑う。

そして手を伸《の》ばし、妹を抱《だ》きしめた。

「ありがとう。誕生日など他《ほか》の一日と変わらないと思っていたが、お前が祝ってくれるなら素《す》晴《ば》らしい日だ」

きゃー、よかった嬉《うれ》しい。元祖型ツンデレお兄様は今日もひたすらデレだよ、うん。

まさかのプレゼントの前、おめでとうの一言でこの反応。さすがお兄様。

エカテリーナは手を伸ばし、アレクセイに抱擁《ほうよう》を返す。

「そのようなお言葉をいただいて、嬉しゅうございます。お祝いに、ささやかな贈り物を持ってまいりましたの。お気に召《め》すかどうか、ご覧になってくださいまし」

その言葉にアレクセイは微笑んで、妹の頬《ほお》をそっと撫《な》でた。

「女神《めがみ》からの賜《たまわ》り物が気に入らないなど、あり得ない。お前の気持ちが何より嬉しいよ」

さすがお兄様……。

ともあれようやく、エカテリーナはプレゼントの箱を差し出した。水色のリボンをかけた、青いベルベットの箱。箱もガラスペンのために特急で作ってもらった特注品で、中に詰《つ》め物をして絹で内張りをし、窪《くぼ》みをつけて、ペンをしっかり固定することで、繊細《せんさい》なペン先が破損しないよう工夫《くふう》している。

アレクセイがリボンをほどいて箱を開くと、三本のガラスペンが現れた。

レフの才能は、色ガラスでの完成品でさらに明らかになっていると、エカテリーナは思う。

一本は、ひねりのデザイン。きらめくように鮮《あざ》やかな、水色と藍色《あいいろ》の二色がツイストしている。もちろん、アレクセイとエカテリーナの髪《かみ》の色をイメージしての配色だ。

次の一本は、持ち手のところが太く膨らんで、後端《こうたん》にいくにつれて細くなっていくデザイン。全体としては透明《とうめい》で、一番太い部分の内部に、なんらかの方法で描《えが》かれた水色と藍色二輪の青薔薇《ばら》が封《ふう》じ込められている。外側には流麗《りゅうれい》な蔓薔薇《つるばら》の葉が、緑色のガラスの線で描かれていた。

三本目は、短剣を模したデザイン。外側は透明だが芯《しん》の部分だけが水色で、まるで水色の刃《やいば》を透明なガラスの鞘《さや》が包んでいるように見える。ペンの後端、短剣の柄《つか》にあたる部分に藍色が使われていた。そして透明なガラスの外側に、金彩《きんさい》で文字が書かれている。古代アストラ語を、装飾《そうしよく》文字にしたものだ。エカテリーナはアストラ語の読み書きができないので、参考にした短剣の鞘に文字らしきものが飾《かざ》りになっていたことだけをレフに伝え、レフがこういう装飾によく使われる言葉を選んでくれた。

それらを見て、アレクセイが不思議そうな顔をしたのも無理はないだろう。羽根ペンしかない皇国では、初見ではこれが何なのかわからなくて当然だから。

「お兄様。これは、ペンですの」

「ペン?」

「ガラスで作ったガラスペンですわ。羽根ペンよりたくさんのインクを吸い上げることができますちゃっ、多くの文字を続けて書くことができますの。このように使いますのよ」

て、とエカテリーナは自分のガラスペンを取り出した。用意周到《よういしゆうとう》に、レフが作った試作品のうち自分の手に合うサイズのものを、貰《もら》ってきていたのだ。ちなみに、ミナが見つけてくれた細長い木箱に綿を詰めて持ち運んでいる。

インク壺《つぼ》を借り、紙を一枚もらう。アレクセイが座るよう勧《すす》めてくれたので、立派な革張《かわば》りの椅子《いす》を借りて大きな執務机に向かった。社長席に座ったみたいで面映《おもは》ゆい、と思うエカテリーナの中身はまだ社畜《しやちく》成分過多なのだろう。

ガラスペンの先をインク壺につけて、溝《みぞ》にインクを含《ふく》ませる。

あ、何を書こう。工房《こうぼう》で描いた我が家の紋章《もんしよう》は、お兄様に見せられるほど上手に描けないからやめといて……たくさんの字数を書けることがわかるもの、と。

ならまあ、あれでいいか。

さらさらと、エカテリーナは紙にペンを走らせる。

書いているのは、例のプロジェクトなんちゃらの主題歌歌詞。あまりにも脳内リピートするものだから、頭の整理をしようと皇国の言葉に翻訳《ほんやく》していたのだ。音楽にもちゃんと合って歌えるように訳すのはなかなか難しかったが、まあまあの水準にできたと思う。

ガラスペンを一度インク壺に浸《つ》けた分のインクで、一番の歌詞をぎりぎり全部書くことができて、エカテリーナはほっと息をつく。

「一度インクに浸ければ、これだけ書くことができますわ」

「画期的ですな」

ノヴァクが唸《うな》り、そこで初めてエカテリーナは、執務机を公爵家《こうしゃくけ》の幹部たちが取り巻いていることに気付いてびっくりした。

皆《みな》、興味津々《きょうみしんしん》でガラスペンを見ている。

え、えーと。

「あの、お兄様。一度使ってみてくださいまし」

エカテリーナは革張りの椅子から立ち上がり、アレクセイに座るようにうながした。

妹に言われるまま自分の席に座り、アレクセイはガラスペンをしげしげと見る。手に取ったのは、短剣《たんけん》を模した一本だ。

「運命、幸運、力量」

アレクセイが呟き、エカテリーナは首を傾《かし》げた。

「それは何ですの？」

「ここに刻まれているアストラ語の意味だ——最後は、力量の他に美徳や勇気、手腕《しゅわん》、気概《きがい》なども訳しうる言葉だが。運命を覆《くつがえ》すためには、幸運と個人の力量が共に必要とされることから、この三つの言葉は一組に記されることが多い」

「まあ、さようでございますのね。わたくしアストラ語はまったく存じませんの、お恥《は》ずかしいことですわ」

こういうのが、貴族令嬢《れいじょう》らしい教育を受けられなかった身の残念なところだよ。かつてはアストラ語は貴族の必須《ひっす》教養だったそうだし、今でもメジャーな単語くらいは読めるのが当たり前なのに。クラスでもそのうちボロが出ちゃうかも。

「お前が恥じることなどあるものか。アストラ語が読める者くらい掃《は》いて捨てるほどいるが、我が妹は唯一《ゆいいつ》無二の賢者《けんじゃ》だ」

ありがとうございます。お兄様のシスコンフィルターは今日も高性能ですね！

「ところでこの詩だが、珍《めずら》しい形式だ。お前が作ったのか」

ああっ、まさかのそこ！

「い、いえ、どこかで読んだものですの」

「そうか。私も多少は詩に目を通すが、こういうものは見たことがない」

お兄様、詩集とか読むんですね。ちょっと意外なような。あれかな、昔は仲が良かったというユールマグナのウラジーミルが、アストラ時代の詩をすらすら暗唱したと言っていたから、その影響《えいきょう》を受けたのかな。

はっ、理解しました！　その詩の知識が、お兄様の美辞麗句《びじれいく》スキルの源泉ですね！

アレクセイがガラスペンをインクに浸《ひた》す。

そして、まずは自分の名前を書いた。

「ほう。なんとも……なめらかな感触《かんしょく》だ。引っ掛《か》かりがない」

「はい、そういうものですの」

アレクセイは紙を替《か》えて、別の何かを書き始める。何か、というのは、エカテリーナには読めないものを書いているからだ。アレクセイはアストラ語を華麗《かれい》な装飾文字で書いている。

すごい、さすがお兄様！　前世の平安貴族が手紙とかで書いた、散らし書きという装飾的な書き方を博物館で見たことがあるけれど、そういう系統のものをすらすら書けちゃうって、まさに貴族の教養！

「このペンは、どちらの方向に動かしても書ける。羽根ペンとは全く違《ちが》う」

アレクセイが唸ったが、エカテリーナの方が唸ってしまいそうだ。

初めてのガラスペンだから少し手こずる点もあったが、見事な手蹟《しゅせき》でアレクセイはアストラ語の文章を書き上げた。

「お兄様、それは何とお書きになりましたの？」

「この詩をアストラ語に訳してみた。まだ推敲《すいこう》が必要だな」

ひええー！　私が日本語から皇国語に訳すのにけっこう悩《なや》んだこれを、初見で訳しちゃいますかー！

「エカテリーナ、お前のこれ……ガラスペンと言ったか。お前のガラス工房で作らせたのか？」

「はい、そうですの。よい職人がおりますのよ」

「工房を欲しがった時、美しい物を好きに作らせたいと言っていたな。これがそれか」

そっと、アレクセイはガラスペンを置いた。

そして立ち上がると、妹を抱《だ》きしめてこめかみに口付けした。

きゃー！

きゃー！

「ありがとう、エカテリーナ。私の女神。お前は何もかも信じがたいほど素晴《すば》らしい」

きゃー！

きゃー！

きゃー……おい、そろそろ落ち着け自分！

「お兄様……喜んでいただけたなら、わたくし、本当に嬉《うれ》しゅうございます」

うう、本当に嬉しい。

……まあ、ガラスペンが作れたのは工房を買ってもらったおかげだから、これ私からのプレゼントと言えるんだろうかと思ったりもするんだけど。でもガラスペンを贈《おく》ろうって思い付いてよかったー！

「喜ぶ、か」

ふふ、とアレクセイは笑う。

「これほどのものを、誕生日の贈り物とは。お前は本当に……」

「わたくしはお兄様が一番大切ですもの、お兄様のお誕生日も他《ほか》のなにより大切ですわ」

これほどのものって言ってもらえるなら、商品としてもやっていけそうで嬉しいな。

でもほんと、私には経済効果的な話より、お兄様に喜んでもらうことが一番大事ですよ。ブラコンとか推《お》しとかって、そういうもんですから。

私は、お兄様が嬉しいとか幸せとかを感じてくれることが、なによりも大事ですよ。

「……そうか。ありがとう」

しみじみとアレクセイが呟《つぶや》く。

と、そこで執務室《しつむ》のドアがノックされた。

従僕のイヴァンがさっとドアを開けると、そこにいたのはフローラだ。いつものように大きなバスケットを持っていて、昼食を持って来てくれたらしい。

「まあフローラ様、ありがとう存じます。お任せしてしまって申し訳ございませんわ」

「実は私も、いろいろ手伝っていただいたんです」

にこにこと言うフローラの後ろから、級友のマリーナとオリガが顔を出して手を振《ふ》った。

「閣下、お誕生日おめでとうございます。エカテリーナ様の代わりに、少しだけお手伝いしましたの」

「厨房《ちゅうぼう》からも、お祝いにどうぞと言っていろいろ入っていますよ」

毎日厨房に通っているうちにエカテリーナたちと仲良くなった厨房スタッフまで、兄アレクセイの誕生日と聞いて祝ってくれたらしい。なんともほのぼのだ。

アレクセイは胸に手を当て、一礼した。

「令嬢方。ユールノヴァ公爵アレクセイ、感謝申し上げる」

一幅《いっぷく》の絵のような姿に、きゃあ、とマリーナとオリガが声を上げる。

その二人は、昼食は普通《ふつう》に食堂でとるからと帰って行った。それで執務室では、いつもの顔《かお》触《ぶ》れでいつもより少し手の込んだ食事をとった。

そして最後にフローラが、ささやかですけど私から、と言って甘さ控《ひか》えめのパウンドケーキをドライフルーツできれいに飾《かざ》ったものを出してきて、いっそう心温まる誕生日となったのだった。

「キンバレイ、ご苦労だった」

書類から顔を上げ、アレクセイは財務長のキンバレイをねぎらった。ただし、その声音《こわね》は厳しい。

「想像以上に由々《ゆゆ》しい事態だな。財務長に復帰してようやく軌道《きどう》に乗ったところではあるが、お前には当分、この件に専念してもらわねばならん」

「承知いたしました、閣下」

禿頭《とくとう》に銀色の瞳《ひとみ》、大きな鷲鼻《わしばな》が見るからに謹厳《きんげん》な印象のキンバレイが、一礼した。

「私の推測が当たっておりましたら、ユールノヴァは大変な危機にさらされていたことになります。危《あや》ういところでございました」

「お祖父《じい》様の財務長であったお前だ。ユールノヴァの財務を誰《だれ》よりも知っているお前がそう言うなら、おそらくその通りだろう。お前を突然解雇《とつぜんかいこ》して、見知らぬ者を財務長に据《す》えたことがそもそも危機だった。何もわかっていないと思っていたが、祖母は一体、何を考えていたのか――侍女《じじょ》の不正も、背後を洗い直すべきかもしれん。くそ」

いささか口汚《くちぎたな》く吐《は》き捨てて、アレクセイは机の上にバサリと書類を投げる。

それにあおられて、ころりとペンが転がった。

「しまった」

珍《めずら》しくあわてて、アレクセイはペンを拾い上げる。エカテリーナから誕生日にプレゼントされた、美しいガラスペンだ。それぞれ趣《おもむき》の異なる三本のうち、水色の刃《やいば》を透明《とうめい》な鞘《さや》におさめたかのような一本。

しばし、アレクセイはそれを見つめた。

古代アストラ語の装飾《そうしょく》文字で『運命』『幸運』『力量』と刻まれている。幸運と力量を合わせ持つ者には、運命を覆《くつがえ》すことができるという。

アレクセイは表情をやわらげた。妹からこれを贈られてから数日経《た》ったが、今もこうして見つめれば、喜びがこみあげてくる。

「素晴らしい贈り物ですな」

ノヴァクが言った。いかめしい表情だが、アレクセイのために喜ばしく思っているのが感じられる。

「ああ、誰から贈られたのであっても、これは素晴らしいと思っただろう。そして、あの子が私にくれた物なら、どんな物でも嬉しく思っただろう。――あの子は、これを、私に贈ってくれた」

しみじみと言うと、執務室の側近たちがそっと微笑《ほほえ》んだ。父アレクサンドルの誕生祝いが毎年盛大にすぎるうえ品位に欠ける内容だったことに加え、アレクサンドルを巡《めぐ》って女性同士の刃傷沙汰《にんじょうざた》まで起きたことがあるため、誕生祝いに拒否反応《きょひ》に近いものを示していたアレクセイだった。が、最愛の妹エカテリーナから心のこもった祝いをもらってみると、だいぶ心境が変わる。本来、人の生まれた日を祝うのは、喜ばしいことだ。

「お嬢様《じょうさま》は不思議な方ですね。植林といい、誰も思いつかなかったようなことを次々に思いつく発想力には、驚《おどろ》きます」

鉱山長のアーロンが笑顔《えがお》で言った。エカテリーナが聞いたら頭を抱《かか》えて『すいません私の発想じゃないんです！　すいません！』と内心で叫《さけ》ぶだろう。

「さすがセルゲイ公のお孫様ですが、セルゲイ公でさえ驚かれるでしょうな」

ノヴァクも言う。

と、商業流通長のハリルがふふと笑った。

「閣下、お嬢様のお誕生日祝いに何をお贈りになるか、今から考えておかねばなりませんね。このような贈り物をもらったお返しとなると、なかなか難しいかと」

その言葉に、アレクセイはネオンブルーの目を見開いた。

「ハリルの言う通りだな。あの子の誕生日は……十二月か。何を贈るべきだろう」

つい先日、良い成績を取った褒美《ほうび》になんでも欲しいものを与《あた》えようとした。しかし、そう言われてエカテリーナが望んだものは、兄と一日一緒《いっしょ》に過ごすこと、だ。

いつも、あの子は自分を驚かせてくれる。しかも、エカテリーナが与えてくれる驚きは、喜びと一体だ。愛情や思いやりから、生まれるものだからなのだろう。

「衣装も、宝石も、少しも欲しそうではなかったな。あとは何を薦《すす》めたか……馬に、専用の馬車に、城だったか。どれも、全く気を引かれないようだった」

城は前世の常識的に無理だったのだが、そんなことは当然、アレクセイたちの想像から数光年くらい外側だ。

「そもそも衣装も宝石も、あの子から貰《もら》ったものと比べてしまえば、贈り物としてありきたりすぎる。……自分の発想力のなさに絶望しそうだ」

額に手をあてて、アレクセイは呻《うめ》くように言う。

これは困った。

「お祖父様なら如何《いかが》なされるだろう。相談したいものだ」

記憶《きおく》の中の祖父を思い浮《う》かべる。祖父の瞳は、晴天の空の色をしていた。天色《あまいろ》というべき色だ。祖父とアレクセイ二人の肖像《しょうぞう》を描《えが》いた画家が、二人とも出すのが難しい瞳の色をしていると言っていた。

あの肖像画は、エカテリーナも好きなようだ。ときおり肖像画の間に足を運んで、見上げている。以前はあの絵を自分の部屋に飾って大切にしていたアレクセイだが、エカテリーナが見られるようにそちらへ移したので、目を留めてくれたのは嬉《うれ》しかった。

あの頃《ころ》、お祖父様がおられた頃に、あの子も一緒にいられたならどんなに良かったか……。

はっとアレクセイは顔を上げた。

「ハルディン卿《きょう》、いや、画伯《がはく》に連絡《れんらく》を取れ」

「ハルディン画伯ですか、閣下の肖像画を描いた。では、絵を注文なされると」

ノヴァクが不思議そうな顔をする。

「そうだ、できるだけ早く邸《やしき》に呼んで……いや、私があちらへ出向く。いくつも注文を抱えているだろうが、こちらを優先してもらわなければ。それから、エカテリーナに会ってもらおう。あの子に気付かれないよう、さりげなく」

エカテリーナは喜んでくれるだろうか。想像するとそわそわと心が落ち着かないが、楽しみでもある。とても。

「贈《おく》り物を考えるというのは、楽しいものだな」

エカテリーナの誕生日は十二月、まだ遠い。それまではこの楽しさを、胸にしまっておくことになる。

それもまた妹がくれた贈り物のように思えて、アレクセイは微笑んだ。

あとがき

お読みくださってありがとうございます。浜千鳥《はまちどり》です。

おかげさまで、二巻を刊行していただくことができました。ありがとうございます。とても幸せです。


一巻はほぼ魔法《まほう》学園の中での出来事でしたが、二巻では物語の舞台《ぶたい》が皇都へ広がっております。そして騎士団《きしだん》とか、忠誠を誓《ちか》う儀式《ぎしき》とか、皇帝《こうてい》陛下の行幸とか、そうかと思うとプロジェクトなんちゃら（笑）とか、正直言って私の趣味《しゅみ》全開でお届けしております。

そして一巻では名前だけの存在だったキャラが姿を現したり、一瞬《いっしゅん》登場したきりだったキャラがちゃんと語ったりもしております。もちろん一巻で登場したキャラたちも元気で再登場いたします。

なにより、エカテリーナは相変わらずブラコンです。アレクセイもゆるぎなくシスコンです。なんなら、さらにパワーアップしていると思います。作者が言うのもなんですが、この二人は大丈夫《だいじょうぶ》なんでしょうか。何をどう心配しているのか自分。

そして二巻刊行作業の大きなモチベーションが、八美☆わん《はちびす》先生の美麗《びれい》なイラストが見たい！　でした。そしてやはりこの二巻にも、素晴らしいカバーを描《えが》いてくださいました。先生、ありがとうございます。本作は幸せな作品です。

なおイラストをどの場面に描いていただくかとか、そういう選択《せんたく》はすべて担当編集者さんにお任せしました。本作に理解と愛情をそそいでくださる編集者さんに担当していただけて、非常に幸運だったと思います。あらためて、アレクセイが片眼鏡キャラで良かったです（笑）。

本作はウェブサイトに掲載《けいさい》しているものです。ありがたいことに多くの方が読んでくださって、感想もいただいております。そのご感想にどれほど励《はげ》まされているかわかりません。

また、一巻に感想やレビューを書いてくださったかた、本当にありがとうございました。編集部気付で年賀状を送ってくださったかたまでいらっしゃって、担当編集者さんと一緒《いっしょ》に、今どきなんて貴重なと、大変感激しました。

本作を書くことを、私はとても楽しんでいます。読んでくださるかたに楽しんでいただけることを、心から願っております。

浜千鳥

「悪役令嬢、ブラコンにジョブチェンジします２」の感想をお寄せください。
おたよりのあて先
〒102-8177　東京都千代田区富士見2-13-3
株式会社KADOKAWA　角川ビーンズ文庫編集部気付
「浜　千鳥」先生・「八美☆わん」先生
また、編集部へのご意見ご希望は、同じ住所で「ビーンズ文庫編集部」
までお寄せください。

悪役令嬢《あくやくれいじょう》、ブラコンにジョブチェンジします２

浜《はま》　千鳥《ちどり》

角川ビーンズ文庫　22200

令和２年６月１日　初版発行
令和６年10月30日　７版発行

発行者――――山下直久
発　行――――株式会社KADOKAWA
〒102-8177　東京都千代田区富士見2-13-3
電話 0570-002-301（ナビダイヤル）
印刷所――――株式会社KADOKAWA
製本所――――株式会社KADOKAWA
装幀者――――micro fish

●お問い合わせ
https://www.kadokawa.co.jp/（「お問い合わせ」へお進みください）
※内容によっては、お答えできない場合があります。
※サポートは日本国内のみとさせていただきます。
※Japanese text only

ISBN978-4-04-109553-9 C0193 定価はカバーに表示してあります。

角川ビーンズ小説大賞
原稿募集中!
君の"物語"がここから始まる!
角川ビーンズ小説大賞がパワーアップ!
https://beans.kadokawa.co.jp
詳細は公式サイトでチェック!!!
【一般部門】&【WEBテーマ部門】
賞金 大賞100万円
優秀賞30万円
他副賞
締切 3月31日
発表 9月発表(予定)
イラスト/紫 真依